Arena-Taschenbuch
Band 50808

Weitere Titel von Jürgen Banscherus im Arena-Taschenbuchprogramm:

Keine Hosenträger für Oya

Novemberschnee

Asphaltroulette

Das Lächeln der Spinne

Jürgen Banscherus

war Journalist, Verlagslektor, Dozent in der Erwachsenenbildung und ist seit 1989 freier Schriftsteller. Inzwischen ist er einer der renommiertesten Autoren für Kinder- und Jugendliteratur. Seine Bücher erhielten zahlreiche Auszeichnungen und wurden bisher in 23 Sprachen übersetzt.

www.juergen-banscherus.de

Jürgen Banscherus

Davids Versprechen

Mit einem Nachwort
von Dr. med. W. Andler

Ausgezeichnet mit dem
Bad Harzburger Eselsohr

Arena

Informationen zu Unterrichtsmaterialien
unter www.arena-verlag.de

FSC
www.fsc.org
MIX
Papier aus verantwortungsvollen Quellen
FSC® C110508

1. Auflage als Sonderausgabe 2015

Umschlaggestaltung: Sibylle Bader
Umschlagtypografie: KCS GmbH · Verlagsservice & Medienproduktion, Stelle/Hamburg
Gesamtherstellung: Westermann Druck Zwickau GmbH
ISSN 0518-4002
ISBN 978-3-401-50808-5

www.arena-verlag.de
Mitreden unter forum.arena-verlag.de

1

Dieser Morgen fühlt sich anders an. David tut der Rücken weh, ein kleiner Schmerz pocht in seiner linken Schulter. Doch das allein ist noch nicht ungewöhnlich. Vielmehr scheint David sich über Nacht in einen Riesen verwandelt zu haben, in einen Kerl, sperrig wie eine Haustür. Obwohl er seine Knie eng an den Bauch gepresst hält, stoßen seine Füße gegen das Ende des Bettes. Die Zimmerdecke erreicht er leicht mit den Fingerspitzen, die Wände, nach denen er mit geschlossenen Augen tastet, sind nur eine knappe Armlänge entfernt. Auch das Oberbett, unter dem er liegt, hat sich verändert. Es riecht nach Öl und Hund.

Das Klopfen in der Schulter nimmt zu, David versucht, sich auf die andere Seite zu drehen. Aber er kommt nicht weit. Bereits nach einer halben Körperdrehung landet er an einer merkwürdig weichen Wand. Für einen Moment überlegt er die Augen zu öffnen. Dann zieht er die raue, stinkende Decke über den Kopf und überlässt sich wieder seinen Träumen. Stark ist er darin, bärenstark und unbesiegbar.

Als David das nächste Mal aufwacht, dringen laute Geräusche an sein Ohr. »... sieben Kilometer Stau auf der Al in Richtung Bremen zwischen den Anschlussstellen Münster-Süd und Münster-Nord. Ursache für die Störung ist ein liegen gebliebener Lkw ...«, sagt eine tiefe Frauenstimme. In die Durchsage hinein brummt ein Motor los und Davids Bett setzt sich in Bewegung.

Sofort ist David hellwach. Er reißt die Decke vom Gesicht und schaut sich um. Es dauert eine Weile, bis sich seine Augen an die Helligkeit gewöhnt haben. Nein, über Nacht ist aus ihm kein Riese geworden, leider. Und statt in seinem Bett liegt er unter einem schmuddeligen braunen Wollfetzen auf dem Rücksitz eines Autos. Wem der Wagen gehört und wie er selbst in diese Lage gekommen ist, weiß David nicht, wirklich, er hat nicht die leiseste Ahnung.

Vorsichtig schiebt David sich hoch und schaut zwischen den Vordersitzen hindurch.

Das Armaturenbrett, das Lenkrad, die Kopfstützen – offenbar ist er in einen älteren Volvo geraten, wahrscheinlich ist es eine 245er-Limousine. Mit Autos kennt er sich aus. Der Fahrer des Wagens sitzt ein wenig gebückt hinter dem Steuer. Das weiße Polohemd spannt rings um seine Schultern, die dichten Haare sind von einem schmutzigen Grau, im sonnenverbrannten Nacken kräuseln sich Locken. Zwei angebrochene Zigarettenpäckchen liegen auf dem Beifahrersitz, daneben Straßenkarten und Benzinquittungen. Als der Mann sich umständlich nach einer Kassette bückt, zieht David den Kopf zurück.

Wenig später ertönt ein französisches Chanson. David hat die Sängerin schon einmal gehört, doch ihm fällt nicht ein, wie sie heißt. Dafür kehrt plötzlich eine andere Erinnerung zurück: Weggelaufen ist er von zu Hause, nicht zum ersten Mal, gerade zwölf Stunden mag das her sein. Aus dem Fenster gesprungen ist er und losgerannt, weiter und weiter, bis es dunkel geworden ist und er sich nicht mehr ausgekannt hat. Da hat er Angst bekommen, hat nach dem Rückweg gesucht und ihn nicht gefunden. Als er schließlich vor Müdigkeit nicht mehr weiterkonnte, ist er in ein altes

Auto geklettert, eine der Fondtüren war offen. Auf dem Rücksitz lag eine Wolldecke und er hat sich vorgenommen zu verschwinden, sobald es hell würde.

Und nun das!

Am Fenster gegenüber ziehen Häuserfronten vorbei. Die Gebäude in diesem Teil der Stadt sind alt, die Fassaden mit Stuck verziert. Sie haben Gesichter, manche lächeln, andere scheinen David zuzuzwinkern. Jedenfalls sehen alle viel freundlicher aus als die Reihenhäuser der Siedlung, in der David mit seinen Eltern wohnt.

Die Eltern … Davids Herz schlägt mit einem Mal schneller, härter auch. Schlimm genug, dass er weggelaufen ist. Jetzt sitzt er dazu noch in einem Auto fest, das vielleicht nach München fährt oder nach Paris oder sonst wohin. Er muss verschwinden, und zwar auf der Stelle! Als der Wagen vor einer Ampel hält, zieht David behutsam am Türgriff. Verflixt, die Tür lässt sich nicht öffnen. Mit dem Fuß probiert er es an der anderen – ebenfalls ohne Erfolg.

Der Schweiß bricht David aus, in Händen und Füßen beginnt es zu kribbeln. Wenn sie erst auf der Autobahn sind, rauscht der Mann durch bis Portugal, unter Garantie. Der dreht nicht um, bloß weil David ihn darum bittet. Der wirft ihn an irgendeiner Raststätte raus und dann fängt der Ärger erst richtig an.

Also los, denkt David, richtet sich auf, bis er sein Gesicht im Rückspiegel sehen kann, und sagt leise: »Hallo!«

»Mon mac à moi«, tönt es in unverminderter Lautstärke aus dem Radio. Der Fahrer achtet auf den Verkehr, er hat nichts gemerkt.

»Hallo, Sie!«, wiederholt David nun etwas mutiger.

Im nächsten Augenblick tritt der Mann so heftig auf die Bremse, dass David zuerst gegen den Beifahrersitz, dann in den Rücksitz geschleudert wird. Kaum steht der Wagen, da dreht der Mann sich um, packt David an den Oberarmen und zieht ihn mit einem Ruck neben sich.

»Au, verdammt!«, stöhnt David und hält sich die Schulter. »Verdammt!«

Der Mann achtet nicht darauf. »Was tust *du* denn hier?«, fragt er empört.

»Die Tür war offen«, flüstert David.

»Was?«

»Ihr Auto war nicht abgeschlossen.«

»Aha«, sagt der Fahrer. Seine Stimme klingt

jetzt eine Spur freundlicher. Er tippt David aufs Knie. »Gib mir mal die Zigaretten.«

David entspannt sich ein wenig. Wer raucht, haut nicht, denkt er. Wer haut, raucht nicht … Ach, Blödsinn! Auf dem Boden liegt eine Zigarettenpackung. Er reicht sie dem Mann hinüber.

»Ich habe also vergessen die Tür abzuschließen«, sagt der, während er sich eines der zerknickten Dinger ansteckt. »Kann jedem passieren, oder? Aber ist das ein Grund, blinder Passagier zu spielen?«

»Nein«, antwortet David kleinlaut. »Entschuldigung.«

»Vergiss es«, sagt der Mann. »Bist du von zu Hause weggelaufen?«

David zögert mit der Antwort. Was gestern Abend wieder einmal geschehen ist, darf er dem Mann nicht erzählen. Keiner wird etwas erfahren, das hat David seinen Eltern immer wieder versprochen – seit Langem schon. Also eine Geschichte erfinden? Seine Geschichten sind nicht schlecht, wirklich nicht, bisher hat sie ihm noch jeder abgenommen. Doch für die Nacht im Auto müsste er sich ein ziemlich kompliziertes Märchen ausdenken und dazu ist er einfach zu müde.

Deshalb sagt er vorsichtig: »Ja.« Sonst nichts.

»Wie lange bist du schon auf Achse?«, fragt der Mann weiter.

»Erst seit gestern Abend.«

Der Fahrer stellt den Motor ab und klimpert mit den Fingern über das Lenkrad. »Und nun?«, sagt er. »Was fange ich jetzt mit dir an?«

David legt die Hand auf den Türgriff. »Lassen Sie mich bitte raus.«

»Hm.« Der Mann runzelt die Stirn, zieht ein paar Mal an seiner Zigarette und schüttelt schließlich den Kopf. »Gefällt mir nicht. Stell dir vor, dir passiert was. Nein, nein, mein Lieber, ich werde dich nach Hause bringen. Zu Fuß ist es für dich bestimmt zu weit.«

Der Mann blättert in dem kleinen Notizbuch, das auf dem Armaturenbrett angebracht ist. »Ein bisschen Zeit habe ich noch. Wie heißt du eigentlich?«

»David.«

»Und weiter?«

»David Sendt. Mit d-t.«

»Und wo wohnst du?«

»Regerstraße 25.«

»Das ist in der neuen Siedlung, stimmt's?«

David nickt.

Für eine Weile sitzen die beiden stumm nebeneinander. Dann stellt der Mann den Motor wieder an und schlängelt sich in den Morgenverkehr. Schon bald überqueren sie den Fluss, der die alten Stadtteile von den neueren trennt. Nach der langen Trockenheit fließt nur ein kleines Bächlein durch das Flussbett, die gelblich grüne Brühe verpestet seit Wochen die Luft.

Der Mann bricht irgendwann das Schweigen. »Sagst du mir, wie alt du bist?«, fragt er David.

»Zwölf«, antwortet der.

»Zwölfjährige Jungs sollten nachts zu Hause sein«, sagt der Mann. Er langt an David vorbei ins Handschuhfach und kramt eine Tüte Bonbons heraus.

»Bedien dich«, sagt er und seine Stimme klingt jetzt richtig sympathisch. »Was anderes hab ich nicht.«

Die Bonbons schmecken ekelhaft süß, trotzdem lutscht David gleich vier hintereinander. Er hat Hunger; seit er abgehauen ist, hat er nichts gegessen.

Der Volvofahrer ist in Ordnung, findet David. Vielleicht ist es gar nicht schlecht, dass der ihn nach Hause bringt. Außerdem – wo sollte David sonst hin? Freunde, zu denen er gehen könnte, hat er nicht. Seine Verwandten wohnen alle weit weg. Und er kennt sie sowieso kaum.

»Deine Eltern machen sich bestimmt Sorgen«, sagt der Mann jetzt.

»Habt ihr Streit gehabt?«, fragt er weiter, als David nicht reagiert.

»Ja«, will David zuerst antworten. Aber dann lässt er es, weil das eigentlich nicht wahr ist. Eigentlich hat nur sein Vater mit ihm gestritten, wie meistens. Ist wütender und wütender geworden, hat immer lauter gebrüllt, bis es wieder passiert ist.

Plötzlich ist David schlecht, er weiß nicht ob vor Hunger oder aus einem anderen Grund. In seiner verletzten Schulter brennt es, durch den Rücken fahren so heftige Stiche, dass David aufstöhnt.

Erschrocken legt ihm der Mann die Hand auf den Arm. »Tut dir was weh?«, fragt er.

David schüttelt energisch den Kopf. Von ihm erfährt der Mann nichts mehr, kein Sterbenswörtchen, der kann ihn nicht aushorchen, das kann niemand. Aber aufpassen muss David; wenn er Schmerzen hat, weiß er manchmal nicht, was er sagt.

Gerade biegt der Wagen in die Pappelallee ein, die sie zur Siedlung bringt. Davids Hände schwitzen, er muss pinkeln. Er muss sofort pinkeln, sonst geht es in die Hose.

»Ich muss mal«, sagt er.

Der Mann lacht. »Ach, deshalb bist du so schweigsam!«

»Es ist dringend«, sagt David.

Der Wagen hält hinter einer scharfen Kurve und David rennt zu einem Haselnussstrauch. Während er pinkelt, scheint ihm die frühe Morgensonne ins Gesicht. Weich legen sich ihre Strahlen auf seine Haut. So könnte er stehen bleiben, tagelang.

»Na, fertig?«, hört er den Mann aus dem Wagen rufen. Klar, der hat keine Lust, noch länger Chauffeur zu spielen. Jetzt verschwinden, überlegt David – dann wird ihm der Volvofahrer nicht folgen. Aber was würde es nützen? Irgendwann muss David in jedem Fall nach Hause. Jede Stunde, die er länger fortbleibt, macht alles nur schlimmer. Also steigt er zurück ins Auto, schnallt sich an und schaut zu, wie der Mann den Motor anlässt.

»Sag mal, was sind das eigentlich für Flecken auf deinem Arm?«, beginnt der Fahrer wieder mit seiner Fragerei, während sie die Pappelallee hinuntersteuern.

David macht sich auf seinem Sitz klein.

»Wieso?«, bringt er mit dünner Stimme heraus.

»Da hat aber einer ordentlich hingelangt«, sagt der Mann. »Meine Güte, das sieht richtig gefährlich aus! – Und was ist mit den Flecken am Hals?«

David schweigt.

Doch der Mann lässt nicht locker. »Und wieso bist du überhaupt weggelaufen?«, will er wissen. »Sind deine Eltern … Hast du Schwierigkeiten mit deinen Eltern?«

David schweigt.

»Ich bin wohl zu neugierig«, sagt der Mann und schaut David lächelnd von der Seite an. »Meine Freundin behauptet das jedenfalls. Also – bin ich dir zu neugierig?«

David nickt.

»In Ordnung«, sagt der Mann. »Ich halte ja schon meine Klappe.«

Schließlich rollt der Wagen vor das Haus, in dem David mit seinen Eltern wohnt. Die Zeitung steckt noch im Briefkasten, nur am Wohnzimmerfenster sind die Rollos hochgezogen. An heißen Tagen lässt Davids Vater morgens sonst immer den Rasensprenger laufen. Jetzt ist alles trocken, die Blumen neben der Treppe lassen ihre Köpfe hängen. Es sieht nicht gut aus für David, gar nicht gut. Ein Glück, dass er den Volvofahrer dabeihat.

»Kommen Sie mit rein?«, fragt David.

Der Mann überlegt. Dann nickt er. »Na gut. Meinen Termin schaffe ich sowieso nicht mehr pünktlich.«

»Danke«, sagte David. »Vielen Dank.«

Gemeinsam gehen sie auf das Haus zu, der Volvofahrer links, David rechts. David wirft einen raschen Blick zur Seite. Unordentlich sieht der Mann aus, verglichen mit Davids Vater. Dem würde niemals das Hemd aus der Hose hängen, nicht einmal im Urlaub. Und Slipper anziehen ohne Socken? Undenkbar! Der Vater hasst Schlamperei, er mag es überhaupt nicht, wenn etwas nicht an seinem Platz ist. Deshalb ist es gestern auch passiert. Dabei hatte David nur wieder einmal vergessen, sein Zimmer aufzuräumen, hatte einfach nicht daran gedacht.

Jetzt würde er am liebsten seine Hand in die des Volvofahrers schieben, um sich an ihm festzuhalten, bis alles vorbei ist.

In diesem Augenblick kommt Davids Mutter mit ausgebreiteten Armen aus dem Haus gelaufen. Davids Vater folgt ihr, die Anzugjacke in der einen, den Schlips in der anderen Hand.

Wütend sieht er aus, wütend und unausgeschlafen.

Einen Schritt vor David bleibt die Mutter stehen und lässt die Arme sinken. »Wo bist du gewesen?«, fragt sie. »Wo bist du bloß die ganze Nacht gewesen?«

Bevor David ihr antworten kann, wendet sich der Vater an den Volvofahrer. »Sind Sie von der Polizei?«

Der Mann lacht. »Sehe ich so aus? Nein, ich bin ein ganz gewöhnlicher Steuerzahler.«

»Wir haben nämlich vor einer halben Stunde die Polizei alarmiert«, sagt die Mutter. Als der Volvofahrer sie erstaunt anschaut, fährt sie schnell fort: »Ja, wissen Sie … Nicht dass Sie denken, wir hätten uns vorher keine Sorgen …«

Der Mann winkt ab. »Alles in Ordnung«, sagt er. »Nichts passiert. Ich habe Ihren Sohn in meinem Wagen gefunden. Er hat mir einen schönen Schreck eingejagt. Stellen Sie sich vor, Sie sitzen fröhlich hinterm Steuer und da sehen Sie auf einmal ein fremdes Gesicht im Rückspiegel!«

»Entschuldigen Sie bitte vielmals«, sagt der Vater. »Der Junge hat hoffentlich nichts kaputtgemacht?«

»Nein, nein.« Der Mann schüttelt den Kopf. »Er brauchte nur einzusteigen. Ich denke einfach manchmal nicht daran, den Wagen abzuschließen. Wer klaut schon so ein altes Auto! Aber ich hänge an meinem Volvo. Ich will keinen anderen.«

Dann bricht die Unterhaltung ab. David fühlt sich unbehaglich. Unwillkürlich zieht er die Schultern hoch, versucht, sich zwischen ihnen zu verstecken.

Endlich zieht der Vater seine Jacke an und streckt dem Volvofahrer die Hand hin.

»Wir wollen Sie nicht länger aufhalten, Sie haben bestimmt zu tun. Also, vielen Dank, Herr …«

»Immig ist mein Name«, sagt der Mann. »Heiner Immig.« Er lacht noch einmal. »Ich bin Fachmann für kaputte Computer. Mit weggelaufenen Kindern kenne ich mich nicht besonders gut aus.«

Er boxt David leicht gegen die Brust. »Mach's gut, du blinder Passagier. Deine Eltern werden dir schon nicht den Kopf abreißen, oder?«

»Um Gottes willen«, sagt die Mutter und streichelt David über den Kopf. »Wir sind ja so froh, dass wir ihn wiederhaben! Es hätte schließlich alles Mögliche passieren können.«

»Kinder sind oft unberechenbar«, sagt der Vater. »Aber das wissen Sie sicher selbst.«

»Bis heute hatte ich keine Ahnung«, sagt der Mann. »Ich habe nämlich nur einen Hund.«

2

Seit dieser Herr Immig mit seinem Volvo davongefahren ist, wartet David darauf, dass etwas geschieht. Aber seine Eltern stehen nur schweigend vor ihm und sehen ihn an. Schon bald hält David ihre Blicke nicht mehr aus, nervös beginnt er, von einem Fuß auf den anderen zu treten, stampft immer fester auf.

»Hör mit dem Gehampel auf«, sagt der Vater mit einer Stimme, gegen die niemand antanzen kann. »Was sollen die Nachbarn denken!«

»Entschuldigung«, murmelt David.

»Sonst hast du uns nichts zu sagen?«, fragt die Mutter.

»Na?« Das Gesicht des Vaters beginnt, sich zu verzerren, seine Augen kommen David vor wie zwei Fäuste.

»Ich laufe nie wieder weg«, sagt er schnell. »Das war das letzte Mal. Ich versprech's!«

»Das will ich meinen«, sagt der Vater. »Marsch, ins Haus!«

David rennt los, ist als Erster in der Diele, reißt die Tür zur Gästetoilette auf und schließt sich ein.

Die Klobrille ist kühl; David starrt die blauweiß gestreiften Kacheln an und beobachtet, wie sein Puls allmählich ruhiger schlägt. Nicht lange her, denkt er, da ist er ein Riese gewesen, weit über zwei Meter groß. Alle Angst war verschwunden und er hat geschlafen, wie nur ein Riese schlafen kann. Wäre er doch bloß nicht aufgewacht!

Sein Kopf sinkt nach vorn. Leer fühlt er sich an und schwer. Er kommt David vor wie eine der ausgehöhlten Zuckerrüben, mit denen die Jungen aus seiner Klasse im Herbst die Mädchen erschrecken. Schon ein Kerzenstummel genügt und die Rübe verwandelt sich in eine gespenstische Fratze.

Dann klopft es an die Toilettentür. »Das Frühstück ist fertig!«, hört David die Mutter rufen. Er steht auf, drückt den Spülknopf und geht in die Küche. »Das Frühstück ist fertig«, das klingt nach Friedensangebot, vielleicht wird's doch nicht so schlimm.

Mittlerweile hat sich der Vater fertig angezogen. Das Hemd ist am Hals zugeknöpft, der Schlips gebunden. An heißen Tagen wie heute dürfen sie in der Bank ohne Jackett arbeiten, aber der Vater behält seines immer an, David weiß nicht, warum.

»Also, wieso bist du weggelaufen?«, fragt der Vater, kaum dass sich David an den Küchentisch gesetzt hat. »Wir haben die ganze Nacht kein Auge zugetan!«

»Lass den Jungen erst mal essen«, sagt die Mutter und gießt dem Vater Kaffee nach. »Er muss halb verhungert sein.«

Der Vater schaut auf seine Armbanduhr. »Ich hab's eilig. Frühstücken kann er, wenn ich weg bin. Nun?«

David legt seine Hände vor sich auf den Tisch. Warum er weggelaufen ist? Als ob es so leicht wäre, darauf eine Antwort zu geben! Der Keller, DAS DING, das Gebrüll, die Angst – da ist so vieles gewesen. Vor alldem ist er weggerannt, wie schon letztes Jahr und im Jahr davor.

»Ich hab es einfach nicht mehr ausgehalten«, sagt er zögernd. »Ich dachte …« Er bricht ab.

»Was dachtest du?«, fragt der Vater.

David schluckt. »Ich dachte, ihr hättet mich nicht lieb«, sagt er. Jedes Mal, wenn es passiert, denkt er das. Aber er hat es noch nie laut gesagt.

Es ist jetzt ganz still in der Küche. David ist selbst erschrocken. Er traut sich nicht den Eltern in die Augen zu sehen, seine Finger bohren Löcher in ein Brötchen, das vor ihm liegt.

Schließlich beendet die Mutter das Schweigen. »Wie kommst du denn darauf?«, fragt sie verwundert. »Natürlich haben wir dich lieb! Was glaubst du wohl, für wen sich dein Vater Tag für Tag abschafft? Na? Und ich gehe extra nicht arbeiten, damit du kein Schlüsselkind sein musst, wie so viele andere. Alles nur für dich! Würden wir das tun, wenn wir dich nicht lieb hätten?«

Der Vater nickt. »Aber es geht nicht immer ohne Strafe. Das war bei mir genauso, glaub mir. Mein Vater – Mensch, von dem könnte ich dir Dinge erzählen! Sei froh, dass du nicht *sein* Sohn bist. Wenn ich weggelaufen wäre und mich dann auch noch ein wildfremder Mensch nach Hause gebracht hätte – *mein* Vater hätte mich windelweich geschlagen.«

Wieder ist es still.

Die Mutter rührt mit gesenktem Kopf in ihrer Tasse, der Vater trinkt seinen Kaffee aus und steht auf.

»Vielleicht bin ich manchmal etwas unbeherrscht«, sagt er zu David. »Das liegt wohl in der Familie. Also – es tut mir leid.«

»Tut mir leid!«, wiederholt er ungeduldig, weil David stumm bleibt.

»In Ordnung, Papa.«

»Und du wirst wirklich nie wieder weglaufen?«, fragt die Mutter.

»Bestimmt nicht«, versichert David. Erleichtert lehnt er sich auf seinem Stuhl zurück. Es ist geschafft, denkt er, nichts ist passiert. Ein bisschen fühlt er sich jetzt wie an den Abenden, an denen er mit dem Vater Schach spielt und sie dazu klassische Musik hören, meistens Vivaldi. Richtig Spaß macht das und von Zeit zu Zeit gewinnt David sogar – wobei er den Vater im Verdacht hat, dass der ihn gewinnen lässt.

»Ich muss los«, sagt der Vater. Und zur Mutter gewandt: »Schreibst du dem Jungen eine Entschuldigung für die erste Stunde? Dir wird schon was einfallen.«

Dann versetzt er David einen kräftigen Klaps auf die lädierte Schulter. David beißt die Zähne zusammen, der Vater soll nichts merken. »Bis heute Abend«, verabschiedet er sich. »Und streng dich in der Schule ein bisschen an, hörst du?«

»Tut dir irgendwas weh?«, fragt die Mutter, nachdem sie den Vater zur Tür gebracht hat. David nickt. »Die Schulter. Die ist gestern kaputtgegangen.«

»Ach, Unsinn. Was du redest! Nächste Nacht schläfst du wieder in deinem eigenen Bett und morgen spürst du nichts mehr. Wahrscheinlich hast du dir die Schulter in diesem Auto verrenkt.«

Nein, denkt David, das stimmt nicht. Der Vater hat ihn mit DEM DING auf die Schulter geschlagen, vielleicht war's nicht einmal Absicht. Jedenfalls hat David gleich gewusst, die hat was abgekriegt, keine Schulter hält solche Schläge aus.

»Gestern Abend …«, beginnt er. Doch die Mutter unterbricht ihn. »Ich will davon nichts hören. Ihr habt euch wieder vertragen und damit ist die Angelegenheit erledigt, ja?«

»Ja, Mama.«

Sie holt einen Bogen Briefpapier aus der Schublade. »… kann mein Sohn David wegen starker Übelkeit erst ab der zweiten Stunde am Unterricht teilnehmen …«, liest sie laut mit, während sie schreibt.

»Das hatten wir erst letzte Woche«, sagt David.

»Bist du sicher?« Die Mutter runzelt die Stirn. Dann knüllt sie das Papier zusammen und nimmt einen neuen Bogen. »Und plötzliches Fieber?«

»Das hatten wir vor vier Wochen.«

Die Mutter legt den Kugelschreiber aus der Hand. »Ich geb's auf«, sagt sie.

»Kopfschmerzen«, sagt David nach kurzem Nachdenken. »Die hatten wir lange nicht.«

Der Kugelschreiber gleitet rasch über das Papier. »... kann mein Sohn David wegen starker Kopfschmerzen erst ab der zweiten Stunde am Unterricht teilnehmen. In Ordnung so?«

David hört kaum hin. In Gedanken ist er gerade in Dänemark. Draußen scheint die Sonne, wie eigentlich immer in den Sommerferien in Jütland, und gleich wird er mit der Mutter ans Meer gehen und Muscheln sammeln und mit den Quallen Fußball spielen. Und danach werden sie sich ins Strandcafé setzen und er wird einen großen Früchtebecher mit Sahne essen und die Mutter einen Cappuccino trinken oder zwei. Wenn die aus Davids Klasse wüssten, wie gut es ihm geht, die würden platzen vor Neid! Die haben jetzt Englisch, ausgerechnet. In Englisch ist David schlecht, nicht ganz so schlecht wie in Mathe, aber fast. Außer in Biologie und Musik ist er in keinem Fach eine große Leuchte. Immerhin aber wird er versetzt werden; dabei hat es vor ein paar Monaten noch finster ausgesehen. Seit der blaue Brief aus der Schule kam, hat es für David deshalb nur eins gegeben: büffeln, büffeln, büffeln. Und er hat es tatsächlich hingekriegt; er wird in Englisch eine Drei und in Mathe eine Vier bekommen.

David lässt genießerisch die Finger knacken. Die Mutter ist schon in Ordnung. Sie hilft ihm bei den Schularbeiten und manchmal auch gegen den Vater.

Bei dem wechselt die Laune von Tag zu Tag, nie weiß David, wo er bei ihm dran ist. Keiner weiß das. Die Mutter und der Vater streiten auch oft und nur ganz selten küssen sie sich oder gehen Hand in Hand, wie das zum Beispiel Florians Eltern ständig tun. David würde die Mutter gern fragen, ob sie den Vater lieb hat, aber er traut sich nicht.

Die Stimme der Mutter holt David aus seinen Träumen. »Es wird Zeit«, sagt sie. »Hast du deine Schulaufgaben gemacht?«

David nickt.

»Dann pack deine Sachen zusammen.«

In seinem Zimmer steckt David Bücher und Hefte in die Schultasche und reißt wie jeden Morgen ein Kalenderblatt ab. Er hat den Kalender von Florian geschenkt bekommen.

Florian ist kein ganz richtiger Freund – so einer, mit dem man jede freie Minute zusammen ist –, doch er ist der Einzige aus der Schulklasse, der David zum Geburtstag einlädt und ihn beim Fußballspielen immer ziemlich bald in seine Mannschaft wählt.

David streicht mit den Fingerspitzen über die braune Tagesdecke, die auf seinem schmalen Bett liegt. Die Mutter muss gestern Abend noch aufgeräumt haben, er selbst war ja weggelaufen. Sogar die Bücher mit den Autobildern hat sie ordentlich hingestellt und die Autofotos gerade hingehängt.

Wenn die Autos nicht wären – Mensch, David würde sich nachmittags manchmal zu Tode langweilen. Mit seinen Autobüchern vergisst er alles um sich herum, fast jeden Motor hat er bereits im Kopf auseinandergenommen und wieder zusammengesetzt. Florian weiß als Einziger davon, keiner sonst in der Schulklasse. Wozu auch? Die meisten können sowieso nicht einmal den Borgwardt Isabella vom Borgwardt Arabella unterscheiden. Aber angeben tun sie, dass es nur so staubt, bloß weil ihr Vater einen Mercedes 190 fährt oder einen popeligen Opel Omega.

Kopfschüttelnd steht David auf und klemmt sich die Schultasche unter den Arm. Als er die Treppe herunterkommt, wartet seine Mutter schon an der Haustür.

»Also, bis eins«, sagt sie.

»Ja«, sagt David.

»Und du bist wirklich nicht mehr böse auf Papa?«

»Nein.«

»Es ist manchmal nicht einfach«, sagt sie. »Vater ist in den letzten Monaten ziemlich nervös, du hast Probleme in der Schule und dazu noch euer ständiger Streit. Ich wollte, wir könnten ...«

»Ich muss los«, sagt David.

Sie streicht ihm über die Backe. »Tschüss. Und pass auf in der Schule.«

David ist bereits zur Tür hinaus, als die Mutter ihm nachläuft. »Willst du in diesem T-Shirt gehen?«

»Wieso?«, fragt er zurück.

»Du ziehst dir sofort ein Hemd mit langen Ärmeln an«, befiehlt sie.

»Ich hab's vergessen«, sagt David. »Wenn es

so heiß ist, vergesse ich es eben manchmal. Entschuldigung.«

Auf dem Weg zum Goethe-Gymnasium lässt sich David Zeit. Der warme Wind bläst den Abend und die Nacht weg. Nur in der Schulter ist noch das Klopfen zu spüren, leicht wie das Picken eines Sperlings.

3

David betritt die Schule, als die zweite Stunde bereits begonnen hat. Er hätte pünktlich sein können; aber unterwegs hat er einen wunderbar gepflegten Messerschmitt-Kabinenroller entdeckt, den musste er sich einfach genauer anschauen. Ein tolles Ding: strahlend weiß lackiert und ausschließlich Originalteile. Es fiel ihm verflixt schwer, sich von dem Prachtstück loszureißen.

In den breiten Fluren des Goethe-Gymnasiums ist es jetzt still. Das Sonnenlicht malt milchig grüne Muster an die Wände. Aus den Klassenzimmern dringt kaum ein Geräusch nach draußen. Der Hausmeister ordnet gerade Milchflaschen und Brötchen für die große Pause. Er nickt David kurz zu und vertieft sich wieder in seine Arbeit.

Vor dem Klassenraum der 6c bleibt David stehen. Er legt die Hand auf die geschwungene Türklinke, ohne sie gleich hinunterzudrücken.

Ja, er fürchtet den Moment, in dem vierundzwanzig Köpfe zu ihm herumschnellen und er für eine kleine Ewigkeit im Mittelpunkt steht. Wie aufgespießt fühlt er sich dann, wie eines der Insekten, die im Biologiesaal unter Glas an der Wand hängen. Endlich atmet er tief durch und öffnet vorsichtig die Tür.

In der zweiten Stunde haben sie Erdkunde, eines von Davids besseren Fächern. Davids Klassenkameraden scheinen dem Krallmann aufmerksam zuzuhören, jedenfalls sieht es von hinten so aus. Aber kaum schnappt das Türschloss zu, drehen sich alle zu David um. Er spürt, wie sein Gesicht und seine Ohren heiß werden.

»Aha, Kopfschmerzen«, sagt der Krallmann, nachdem er das Entschuldigungsschreiben gelesen hat. »Was glaubst du, wie oft ich Kopfschmerzen habe und trotzdem pünktlich und bestens vorbereitet vor euch stehe?«

»Leider«, murmelt Alexander.

»Hast du was gesagt, Alex?«, fragt der Krallmann.

»Nein, Herr Krallmann.«

Der Krallmann wendet sich wieder David zu. »Geht's dir denn besser?«

»Ja«, antwortet David und das stimmt sogar.

Er setzt sich auf seinen Platz zwischen Max und Heiner und merkt, wie fast im selben Augenblick die Blicke von ihm ablassen.

Der Rest der Stunde verläuft im üblichen Trott. Der Krallmann lässt David heute in Ruhe, die anderen nimmt er der Reihe nach dran. Das einzig Unangenehme ist die Wärme im Schulzimmer, David schwitzt in seinem langärmeligen Hemd. Immerhin wundert sich niemand mehr darüber, dass er im Sommer solche Hemden trägt. Die Klassenkameraden scheinen sich daran gewöhnt zu haben. Eigentlich wollen die überhaupt wenig wissen, was David betrifft, und an einem Tag wie heute ist ihm das recht, sehr recht sogar.

In der großen Pause hockt sich Florian zu David auf das Mäuerchen, das den Unter- und Mittelstufenschulhof von dem kleinen Hof der Oberstufe trennt.

»Du kommst doch heute Nachmittag und schaust dir unser Fußballspiel an?«, fragt Florian. Er zieht zwei Kaugummis aus der Hosentasche. Eines gibt er David.

Der schüttelt den Kopf. »Ich glaube nicht.«

Florian schaut ihn erstaunt an. »Immer noch Kopfschmerzen?«

»Nein«, antwortet David. »Aber ich muss für Mathe …«

»Vergiss es«, unterbricht ihn Florian. »Heute spielen wir gegen die 6a und du redest ausgerechnet von Mathe!«

David zuckt mit den Schultern. Wenn es nach ihm ginge, würde er natürlich ins Stadion gehen und seine Klassenkameraden beim Spiel um die Unterstufenmeisterschaft anfeuern. Aber die Mutter wird es ihm bestimmt nicht erlauben. Sie hat noch immer Angst, dass er sitzen bleibt. Er muss nachmittags büffeln, da kennt sie keine Gnade.

»Du, stell dir vor, Gerrit ist krank«, sagt Florian in diesem Moment.

»Wirklich?«

»Mehr fällt dir dazu nicht ein?«, regt sich Florian auf. »Das ist eine Katastrophe, Mann! Wird der Blödmann einfach krank, ausgerechnet heute, vor dem Spiel des Jahres! Das dürfen wir nicht verlieren!«

Das Spiel gegen die 6a ist bereits seit Wochen das wichtigste Gesprächsthema in der Klasse. Lange haben Florian und die anderen an der Mannschaftsaufstellung herumgetüftelt, in den Pausen wurde die große Wandtafel mehr als einmal vollgekritzelt mit taktischen Winkelzügen. Und alle waren auf Gerrit, den Rechtsaußen, abgestimmt.

»Kann er denn überhaupt nicht spielen?«, fragt David.

»Keine Chance.« Florian winkt ab. »Gerrit hat Mumps. ›Seine Backe sieht aus wie die von einem Ochsenfrosch‹, sagt seine Mutter. Er kann froh sein, wenn sie ihn nicht ins Krankenhaus bringen.«

Florian redet weiter, aber David hört nur noch mit halbem Ohr zu. Eine Weile hat er tatsächlich gehofft, selbst gegen die 6a aufgestellt zu werden. Er ist ein ganz guter Verteidiger; den Gerrit kann er zwar nicht halten, aber mit dem werden die meisten aus seiner Klasse nicht fertig. Doch dann haben sie David nicht einmal als Ersatzmann nominiert. Um gegen die 6a zu spielen, sei er nicht clever genug, haben sie gesagt.

»Wer soll Gerrit denn vertreten?«, fragt David. Florian wirft ihm einen Blick zu. »Vielleicht du – wie wär's?«

»Du ... du spinnst«, bringt David heraus. Einmal in der Klassenmannschaft spielen, einmal im rot-blauen Trikot auflaufen – Mensch, das wäre das Allergrößte!

»Warum nicht?«, hört er Florian sagen. »Wir

würden dich natürlich nicht auf Rechtsaußen stellen. Pass auf, der beste Spieler der 6a ist der Steffen. Gegen den müsstest du Manndeckung machen, klar? Dem gehst du nicht von der Pelle, so was liegt dir doch. Mit dem gehst du überallhin, wenn's sein muss, sogar unter die Dusche!« Florian ist jetzt richtig in Fahrt. »Wenn wir den Steffen ausschalten, können wir vielleicht gegen die 6a gewinnen. Was hältst du davon?«

»Ich weiß nicht«, antwortet David zögernd. Aber Florian beginnt, ihn mit seiner Begeisterung anzustecken. David hat den Steffen schon spielen sehen, er *könnte* ihn stoppen, es könnte klappen.

»Hast du mit den anderen schon geredet?«, fragt David aufgeregt. »Die werden bestimmt nicht einverstanden sein, sollst mal sehen. Alexander ist besser als ich. Und Mark auch.«

Florian schaut auf die Uhr über den Aulafenstern und steht auf. »Die können aber beide nicht kämpfen, wenn's drauf ankommt. Die sind beide nicht so verrückt wie du.«

In diesem Augenblick klingelt es, die Pause ist zu Ende. Während David mit Florian zum Hauptgebäude hinübergeht, fühlt er sich wieder wie ein Riese. Er fühlt sich wie am frühen

Morgen, als er das erste Mal im Wagen dieses Volvofahrers aufgewacht ist.

In der nächsten Pause geschieht das, was David insgeheim befürchtet hat. Vor allem Alexander kann sich kaum beruhigen.

»Der David soll gegen den Steffen spielen?«, ruft er durchs Klassenzimmer. »Das ist doch nicht dein Ernst, Florian!«

Heiner nickt. »David ist nicht schlecht. Aber für den Steffen reicht es nicht. Gegen den würde ich Mark aufstellen oder Alexander.«

»Hört doch mal zu!«, schreit Florian in den Lärm.

Da wird er von Lena unterbrochen. Lena ist die Torhüterin der 6c, sie hat gute Reflexe und einen weiten Abschlag.

»Der Heiner hat recht. Aber meinetwegen kann David auf der Ersatzbank sitzen«, sagt sie. »Was haltet ihr davon?«

David schaut sich um. Begeistert scheinen seine Klassenkameraden von Lenas Idee nicht zu sein. Aus der Traum, denkt er, wäre einfach zu schön gewesen. Wie hat er nur glauben können, er würde in ein paar Stunden gegen die 6a antreten?

Das Gespräch interessiert ihn jetzt nicht mehr

besonders, das Pochen in der Schulter nimmt zu.

»Dann stimmen wir eben ab«, sagt Florian in die Stille hinein. Er ist nicht nur Mannschaftsführer, sondern auch Klassensprecher. Bei Abstimmungen hat er bisher meistens Erfolg gehabt. Eine leise Hoffnung keimt in David auf.

»Wer ist dafür, dass David von Anfang an als Manndecker gegen Steffen spielt?«, fragt Florian.

Außer Florian meldet sich niemand.

»Wer ist für Mark?«

Fast alle Finger gehen hoch. Alexanders Hand bleibt unten. Verbissen kaut er an seinen Fingernägeln.

Die weiteren Abstimmungen enden in völligem Durcheinander. Außer Florian scheint niemand mehr zu wissen, für wen oder gegen wen gerade entschieden wird. Jedenfalls ist Mark schließlich neu in die Mannschaft gewählt und David wird Reservespieler. Alexander, der keinen Platz bekommen hat, rennt, ohne ein Wort zu sagen, aus dem Raum. Die Tür fällt mit einem dumpfen Knall hinter ihm zu.

David geht langsam zu seinem Tisch. Ersatzmann für Mark ist er, immerhin! Vielleicht verletzt sich Mark ja bei einem Foul oder bei einer falschen Bewegung, wie schnell kann das gehen. Und wenn nicht, dann gehört David wenigstens zu der Mannschaft, die im vergangenen Jahr ungeschlagen die Unterstufenmeisterschaft gewonnen hat. Der Schrader sagt, es ist die beste Schülermannschaft, die es jemals in der Schule gegeben hat. Er ist seit einer Ewigkeit Sportlehrer am Goethe-Gymnasium, er muss es wissen.

Kurz bevor die nächste Stunde beginnt, stößt Heiner David an. »Wir spielen alle im selben Trikot«, sagt er mit einem lauernden Unterton in der Stimme.

»Klar«, sagt David. Dabei weiß er schon, was als Nächstes kommt. Und richtig: »Natürlich auch mit kurzen Hosen«, fügt Heiner hinzu.

»Logisch«, sagt David, ohne eine Miene zu verziehen. Natürlich, wenn er mit den anderen im Umkleideraum ist, werden sie es sehen. Dann muss er sich eben wieder eine Geschichte einfallen lassen.

Heiner lässt noch immer nicht locker. »Du spielst doch sonst nur in langen Hosen«, sagt er.

»Heute nicht«, sagt David.

Heute ist *mein* Tag, will er eigentlich hinzufügen. Doch dann schweigt er lieber. Zuerst muss er die Mutter überreden, ihn zum Spiel gehen zu lassen. Das wird schwierig genug. Vielleicht, denkt er, vielleicht sind die Eltern ja ein bisschen stolz darauf, dass er zur Mannschaft gehört …

4

Als die Schule vorüber ist, hat die Hitze ihren Höhepunkt erreicht.

David würde sich am liebsten Hemd und Hose vom Leib reißen und in den Brunnen springen, der im Park gleich neben dem Gymnasium steht. Die Schüler, die neben ihm an der Bushaltestelle warten, haben es besser. Die meisten tragen dünne T-Shirts und kurze Hosen.

Im Bus stellt sich Alexander neben David. Nachdem Alexander nicht in die Klassenmannschaft gewählt worden ist, hat er den ganzen Morgen über kein Wort mehr gesprochen, hat mürrisch an seinem Tisch gesessen und an den Nägeln gekaut. Lena wollte mit ihm sprechen, aber er hat getan, als ob sie Luft wäre.

Bis die ersten Schüler aussteigen, sagt Alexander nichts. Dann legt er plötzlich los. »Du Stinker«, sagt er zu David. »Du kleiner Stinker. Hast dich eingeschmeichelt bei dem lieben Florian, ja?«

»Quatsch«, sagt David. »Es war Florians Idee. Er hat mich erst heute Morgen …«

»Wer's glaubt, wird selig!«, giftet Alexander. »Ihr hockt doch ständig zusammen.«

»Denk, was du willst«, sagt David. Er ist plötzlich unheimlich müde. Warum lässt ihn der Typ nicht in Ruhe?

Aber Alexander denkt gar nicht daran. »Stinker!«, wiederholt er und boxt David gegen die verletzte Schulter. Der knickt in den Knien ein, so weh tut das.

»Ich warne dich!«, murmelt er mit zusammengebissenen Zähnen.

»Du warnst mich?« Alexander lacht. Soweit es die übrigen Fahrgäste zulassen, tänzelt er vor David hin und her, boxt in die Luft, täuscht Finten an. David schüttelt nur den Kopf und dreht sich zur Tür.

»He, ich rede mit dir!«, ruft Alexander. »Gehst du denn auch mit zum Duschen nach dem Spiel, ja? Darf ich dann mal gucken? Bitte, bitte, David! Ich glaube nämlich« – und er boxt David erneut gegen die Schulter – »ich glaube, du hast gar keinen …«

Weiter kommt Alexander nicht. Davids spitzer Ellbogen trifft ihn in den Magen und lässt ihn zusammensacken. Davids Gesicht hat sich zu einer Grimasse verzerrt, sein Mund ist ein messerscharfer Strich, Schweiß läuft ihm den Rücken hinunter. »Halt die Klappe!«, keucht er. »Halt endlich deine große Klappe!«

»Seid friedlich dahinten!«, ertönt die Stimme des Busfahrers. »Wenn ihr nicht sofort aufhört, werfe ich euch an der nächsten Haltestelle raus!«

Stöhnend richtet Alexander sich auf und greift nach seiner Tasche, die unter einen Sitz gerutscht ist. Auf einmal verzieht sich seine Miene zu einem gequälten Grinsen. »Du spielst heute nicht«, sagt er zu David. »Wollen wir wetten?«

Ohne Alexander weiter zu beachten, drängelt sich David durch den Busgang. Er setzt sich auf die hinterste Bank und schließt die Augen. Als er sie wieder öffnet, ist Alexander verschwunden.

An der Siedlung ist Endstation. Außer David steigen nur noch drei Fünftklässler aus. Sie tuscheln miteinander und drehen sich ein paar Mal nach ihm um. Wahrscheinlich haben sie den Streit mitbekommen.

David hat jetzt andere Sorgen. Was kann Alexander damit gemeint haben: »Du spielst heute nicht«? Was hat er vor?

Der hätte nicht so fest zuschlagen sollen, geht es David durch den Kopf. Danach ist sein Ellbogen fast von allein rausgesaust, es ist einfach zu schnell gegangen. Ein paar Mal schon ist ihm das passiert. Wenn ihm einer richtig wehtut, dann beginnen plötzlich Davids Fäuste zu schlagen und er kann sie nicht stoppen, sie gehorchen ihm nicht mehr. Hinterher fühlt er sich jedes Mal wie nach einem schlechten Traum, so einem Traum, in dem man von einem Hochhaus herunterfällt oder ein Killer hinter einem her ist, und er nimmt sich fest vor, dass er sich von nun an zusammenreißen wird. Seine Fäuste machen ihm Angst, die wissen nicht, was sie anrichten können.

David wechselt die Straßenseite. Unter den Kastanienbäumen ist es schattig, er setzt sich auf eine Bank. Ob es dem Vater genauso geht wie ihm? Ob sich Vaters Fäuste auch selbstständig machen, wenn David mit ihm in den Keller muss?

Der Keller … David will jetzt nicht daran denken, nicht vor dem Spiel gegen die 6a. Lieber sollte er sich überlegen, wie er die Mutter dazu bringt, ihn gehen zu lassen. Nach dem, was er sich in der letzten Nacht geleistet hat, stehen die Chancen dafür höchstens 1:10.

Entschlossen krempelt David die Ärmel hoch und öffnet die beiden obersten Kragenknöpfe. Puh! Sofort ist ihm wohler. Um diese Zeit kann er es sich leisten, so herumzulaufen. Die meisten Leute arbeiten und die wenigen, die auf der Straße sind, interessieren sich garantiert nicht für einen Jungen mit blauen und grünen Flecken an Hals und Unterarmen. Sobald er aber dem Haus Nr. 25 näher kommt, bringt er das Hemd wieder in Ordnung. Die Mutter ist sehr ungemütlich geworden, als er es letzte Woche schon einmal vergessen hat. Die hat immerzu Sorge, was wohl die Nachbarn denken.

David verlangsamt seine Schritte. Was soll er tun, damit die Mutter ihn zum Spiel gehen lässt? Was soll er ihr erzählen? Ihm muss etwas einfallen, doch sosehr er sich auch den Kopf zerbricht – er hat keine vernünftige Idee.

Als die Mutter die Tür öffnet, tut David das Allereinfachste: Er berichtet sofort von seiner Wahl in die Klassenmannschaft. Doch die Mutter scheint gar nicht zuzuhören, sie scheint mit ihren Gedanken woanders zu sein. Sie hat bereits gegessen, auf ihrem Platz steht eine Tasse Kaffee.

»Um drei Uhr ist Anpfiff«, sagt David nervös, während die Mutter ihm den Teller mit Frikadellen und Salat füllt.

»Wie bitte?«

»Das Spiel gegen die 6a geht um drei los«, antwortet David.

Die Mutter fährt sich über die Augen. »Ich verstehe gar nichts. Entschuldige, ich bin müde.«

»Also pass auf, Mama«, sprudelt es aus David heraus, »wir spielen gegen die 6a und ich bin Reservespieler, weil der Gerrit Mumps hat, und wir fangen um drei an und wir müssen unbedingt gewinnen, weil wir sonst nicht mehr Unterstufenmeister werden können.«

In diesem Moment klingelt das Telefon und die Mutter verschwindet in der Diele. Zuerst versteht David nicht, was sie spricht. Aber dann wird ihre Stimme lauter und schließlich sagt sie: »Ich werde mir den Jungen vorknöpfen. Das verspreche ich Ihnen! Auf Wiedersehen, Frau Gieseke.«

Gieseke! Verdammt, denkt David, das war Alexanders Mutter. Ob Alexander ihr von dem

Streit im Bus erzählt hat? Zuzutrauen wär's ihm. Warum sonst sollte seine Mutter hier anrufen?

Als Davids Mutter in die Küche zurückkehrt, verheißt ihr Gesicht nichts Gutes. »Wer, glaubst du, war das gerade?«

»Keine Ahnung«, murmelt David.

»Das war Alexanders Mutter«, sagt sie zornig. »Sie hat mir erzählt, dass du den Alexander im Autobus zusammengeschlagen hast!«

David schüttelt heftig den Kopf. »Das stimmt nicht«, sagt er.

»Das stimmt nicht?«

»Nein«, antwortet David. »Alexander hat angefangen. Er hat mich gegen meine kaputte Schulter geboxt und sich über mich lustig gemacht. Ich habe ihm gesagt, er soll aufhören. Aber er hat weitergemacht. Und da ist mir eben der Ellbogen ausgerutscht. Mehr war's nicht. Nur ein Stoß mit dem Ellbogen.«

Die Mutter zieht eine Schublade auf, nimmt eine Zigarette aus einem fast vollen Päckchen und zündet sie an. »Davon hat mir Frau Gieseke nichts erzählt«, sagt sie.

»Ist doch klar«, sagt David verächtlich. »Der Alexander haut sich ja nicht selbst in die Pfanne.«

Nach wenigen hastigen Zügen drückt die Mutter ihre Zigarette auf einem Unterteller aus. »Ich möchte wissen, wie es mit dir weitergehen soll«, sagt sie erschöpft. »Du warst immer schon schwierig. Aber was du in letzter Zeit so anstellst ...«

David senkt den Kopf. »Das mit Alexander tut mir leid«, sagt er leise. »Erzählst du Papa davon?«

Die Mutter denkt nach. Dann lächelt sie auf einmal. »Ach was, wir vergessen die ganze Geschichte. Man darf nicht jeden Streit zwischen Jungen wichtig nehmen. – So, jetzt hilfst du mir beim Abwasch und danach machst du dich an deine Hausaufgaben.«

»Und – was ist mit dem Fußballspiel?«, fragt David.

Die Mutter beginnt, den Tisch abzuräumen. »Das schlag dir lieber aus dem Kopf«, antwortet sie. »Im Moment geht die Schule vor.«

David springt hoch. »Das ist ungerecht!«, ruft er. »Ich darf nur nicht, weil ich den Alexander –«

Die Mutter schneidet ihm das Wort ab. »Ende der Diskussion. Komm, wisch den Tisch ab.«

Es ist kurz nach halb zwei, als David mit dem

Abtrocknen fertig ist. Wenn er sich beeilt, schafft er die Schularbeiten in einer Stunde. Vielleicht kann er die Mutter dann doch noch überreden, ihn gehen zu lassen.

Er muss es um jeden Preis versuchen. Der Alexander denkt bestimmt schon, er hat gewonnen. Aber noch gibt sich David nicht geschlagen, noch nicht!

In seinem Zimmer wirft er Bücher und Hefte auf den Schreibtisch und beginnt fieberhaft, die Englisch-Vokabeln auswendig zu lernen. Danach schreibt er den Deutsch-Aufsatz und zum Schluss macht er sich an die Matheaufgaben.

Eine knappe Stunde später hat er tatsächlich alles erledigt, er wird nicht einmal von Florian abschreiben müssen. Während er Bücher und Hefte zurück in seine Schultasche stopft, wird David immer aufgeregter. Was soll er tun, wenn die Mutter ihn auch jetzt nicht gehen lässt? Die Eltern sind stur; wenn sie Nein sagen, heißt das meistens Nein. Aber er darf seine Chance nicht verpassen, auf keinen Fall! Vielleicht kommt er ja wirklich zum Einsatz und zufällig sieht ihn der Trainer eines Bundesligaclubs und entdeckt, dass David ein talentierter Verteidiger ist, und lädt ihn zu einem Probetraining ein … Dann wird er ein paar Jahre dick verdienen und später von dem Geld eine Werkstatt für Oldtimer einrichten.

Die Eltern haben ihn ausgelacht, als David ihnen mal davon erzählt hat. »Dafür schicken wir dich nicht aufs Gymnasium«, haben sie gesagt. »Mit schwarzen Fingern willst du herumlaufen, mit Rost in den Haaren? Alle Sachen werden nach Öl stinken«, haben sie gesagt. Dabei haben die Eltern keine Ahnung, dass David nichts lieber riecht. Manchmal geht er nur deshalb in die Garage, um an ihrem Wagen zu schnüffeln.

David verscheucht die Gedanken aus seinem Kopf und schleicht auf Zehenspitzen ins Bad. Dort wirft er ein Handtuch in die Sporttasche, in der bereits seine Fußballschuhe stecken. Danach geht er ins Wohnzimmer. Die Mutter sitzt auf dem Sofa und scheint zu schlafen. Von der Tür aus ist nur ihr Hinterkopf zu sehen, an einigen Stellen sind die Haare bereits grau.

David räuspert sich. »Ich habe meine Schularbeiten schon fertig«, sagt er mit belegter Stimme. »Kann ich jetzt weg?«

»Nein«, antwortet die Mutter, ohne sich umzudrehen. »Ich dachte, das hätten wir besprochen.«

»Aber ich habe mich so auf das Fußballspiel gefreut«, bettelt er.

»Du wirst nirgendwohin gehen. Du bleibst hier. Und damit basta.«

Davids Blick fällt auf die große Vase, die neben ihm auf dem Boden steht. Es ist die Lieblingsvase der Mutter, der Vater hat sie ihr zum Geburtstag geschenkt. Langsam zeichnet er mit dem Zeigefinger das Keramikmuster nach. Wie schwer wird das Ding sein?, überlegt er. Was wird wohl passieren, wenn er die Vase hochhebt, immer höher, bis über den Kopf, und sie einfach loslässt?

Hastig zieht er die Hand zurück. »Ich gehe«, sagt er mehr zu sich selbst.

»Was hast du gesagt?«

»Ich gehe«, wiederholt David etwas lauter.

»Du bleibst!«, ruft die Mutter. Sie steht auf und kommt um das Sofa herum auf David zu. Da dreht er sich um und rennt, so schnell er kann, aus dem Haus und die Straße hinunter.

Erst am Supermarkt bleibt er stehen. Das Herz schlägt ihm bis zum Hals, es dauert eine Weile, ehe sein Atem ruhiger geht. Er schaut auf die Uhr. Bis das Spiel anfängt, bleibt ihm genug Zeit, er braucht sich nicht zu beeilen. Sicher tobt die Mutter jetzt, wahrscheinlich telefoniert sie gerade mit dem Vater. Soll sie doch, denkt David trotzig, soll sie ihn doch beim Vater anschwärzen, wie sie es öfter tut, wenn er etwas Schlimmes angestellt hat. An den Abend darf er allerdings nicht denken. Da kriegt er sofort ein flaues Gefühl im Bauch. Der Vater mag keinen Ungehorsam. Und was David gerade angestellt hat, kann leicht im Keller enden. In dem dreimal verfluchten Keller.

Ein Volvo fährt an David vorbei. Unwillkürlich schaut David hinter ihm her. Der Wagen ist nagelneu, eine Frau sitzt am Steuer. Den Fahrer des alten 245er vom Morgen, denkt David, den würde er gern wiedersehen, der war in Ordnung. So einen Onkel zu haben – das wäre nicht schlecht. In der Nähe müsste der wohnen, damit David zu ihm gehen kann, wenn er Lust hat. Der würde ihn dann in die Pizzeria einladen oder ins China-Restaurant oder in die Eisdiele. Oder sie würden zum Kanal fahren, würden Steine hüpfen lassen und auf die alten Weiden am Bootshaus klettern. So ein Onkel wäre gut …

5

Um kurz vor drei geht David durch das Tor des Jahnstadions. Die Spieler der 6a und der 6c sind bereits auf dem Platz, schießen ihre Torhüter warm und schieben sich in Grüppchen die Bälle zu.

In Höhe der Mittellinie stehen die Zuschauer, einige haben selbst gemalte Plakate mitgebracht, Geschrei und Gelächter tönen zu David herüber. Er beeilt sich, in die Umkleidekabine zu kommen.

Dort liegen Sporttaschen und Anziehsachen über Boden und Bänke verteilt. Einige Spieler scheinen schon vor dem Spiel geduscht zu haben, eine feuchte Spur verbindet Wasch- und Umkleideraum. David wirft seine Tasche auf einen freien Fleck und beginnt, sich auszuziehen. Dabei schaut er sich um: Nirgendwo liegt ein Trikot für ihn. Auch gut, denkt er, dann sind sie selbst schuld, wenn er im Trainingsanzug hinausgeht. So sieht wenigstens keiner die

Flecken und stellt dumme Fragen. Andererseits – David hätte schon gern gewusst, wie sich das rot-blaue Meistertrikot auf der Haut anfühlt …

Er zieht gerade sein Oberhemd über den Kopf, da öffnet sich die Tür. Es ist der Schrader, Davids Sportlehrer. Er wirft David ein Trikot zu. Der greift so ungeschickt danach, dass es auf den feuchten Boden fällt.

»Du brauchst wohl nicht pünktlich zu sein«, sagt der Schrader. »Alle anderen sind schon auf dem Platz!«

»Tut mir leid«, sagt David. »Sie haben mich zu Hause nicht früher weggelassen.«

Hastig zieht er das Oberhemd aus und steht nun nackt vor dem Schrader. Und in diesem kurzen Augenblick sieht der Sportlehrer etwas und David weiß, was der Schrader gleich fragen wird.

Deshalb wendet er sich schnell ab und versucht, sich das feuchte Trikot über den Oberkörper zu ziehen.

»Moment mal!«, sagt der Schrader und hält das Trikot fest. Dann dreht er David behutsam um und schaut sich den von blauen und roten Flecken übersäten Oberkörper von Nahem an.

»Woher hast du das?«, fragt er erschrocken.

»Drei Jungen haben mich verprügelt«, antwortet David, ohne auch nur eine Sekunde zu zögern.

Wie leicht ihm das über die Lippen geht! Wahrscheinlich glaubt ihm deshalb jeder seine Geschichten – die Klassenkameraden, der Schularzt, der Bademeister im Schwimmbad. Wenn einer von denen mal richtig hingeguckt hätte – David hätte sich längst etwas anderes einfallen lassen müssen als die ständigen Märchen von angeblichen Schlägereien, Stürzen oder Sportverletzungen.

Eigentlich hätte auch der Schrader schon lange merken können, was los ist, schließlich zieht sich David nicht zum ersten Mal aus. Aber bisher war er mit dem Sportlehrer noch nie allein in der Umkleidekabine.

»Ach so, geprügelt hast du dich«, sagt der Schrader.

»Ja«, sagt David, nimmt dem Sportlehrer das Trikot wieder aus der Hand und zerrt es sich über den Kopf. Geschafft, denkt er, auch der Schrader schluckt meine Geschichten.

Doch David hat sich zu früh gefreut. Der Sportlehrer zeigt auf die roten Striemen auf Davids Oberschenkeln. »Und wo stammen die her? Auch von der Prügelei?«

»Das ist beim Rollschuhfahren passiert«, antwortet David so gleichmütig wie möglich.

Der Schrader lacht. »Du scheinst ein ziemlich gefährliches Leben zu führen, was? Hätte ich dir gar nicht zugetraut. Aber jetzt beeil dich, wir müssen anfangen.«

»Ich erwarte, dass ihr fair spielt«, sagt der Schrader, nachdem sich die beiden Mannschaften aufgestellt haben. Er zieht eine rote Karte aus der Hosentasche. »Wer glaubt, den Rasenrambo mimen zu müssen, fliegt sofort vom Platz. Verstanden?«

Alle nicken, obwohl keiner den Schrader als Schiedsrichter richtig ernst nimmt. Er läuft zu wenig und sieht deshalb viele Fouls nicht. Dafür ist er aber sonst in Ordnung, fast alle mögen ihn.

Während der Schrader weiterredet, schaut David in die Gesichter der Spieler. Die Jungen aus der 6a sehen nicht so aus, als hätten sie Angst vor Florian, Heiner und den anderen aus der 6c. Im Gegenteil, sie scheinen sich ihrer Sache sehr sicher zu sein. Natürlich haben sie längst mitbekommen, dass Gerrit fehlt. David streicht über sein Trikot, das inzwischen getrocknet ist. Wenn er tatsächlich eingewechselt wird, wird er rennen, bis er umfällt, das nimmt er sich ganz fest vor.

Dann beginnt das Spiel – und es beginnt schlecht für die 6c. Die 6a ist von der ersten Minute an die bessere Mannschaft. David mag kaum hinsehen, so wirbeln die Spieler um diesen verflixten Steffen durch die Abwehr der 6c. Zum Glück steht Lena im Tor, sie hält schon in den ersten Minuten drei scharfe Schüsse.

Hinter der Ersatzbank, auf der David sitzt, versuchen die Anhänger der beiden Mannschaften sich gegenseitig zu übertrumpfen. Auch Alexander ist gekommen. Er würdigt David mit keinem Blick.

»*We are the champions*«, singen die Mädchen aus der 6c.

»6c ins WC!«, schreien die Fans der 6a.

»Kämpfen!«, hört David sich plötzlich selbst brüllen. »Ihr müsst kämpfen!«

Niko und Hannes, die neben ihm auf der Ersatzbank sitzen, schauen zuerst überrascht, dann machen sie mit. »Kämpfen!«, feuern sie ihre Klassenkameraden an. »Kämpfen, kämpfen!«

Aber da lässt der Steffen aus der 6a Mark schon wieder ins Leere laufen und flankt in den

Strafraum. Dort steht der dicke Jens, keiner kümmert sich um ihn. Er hält bloß seinen Fuß hin und es heißt 1:0 für die 6a.

Nach diesem Tor spielen die erst recht wie aufgedreht, sie lassen die 6c gar nicht mehr über die Mittellinie. So überlegen sind sie, dass David zu schreien aufhört. Eine Blamage wird das werden, denkt er, eine furchtbare Blamage. Und tatsächlich – kurz darauf fällt das 2:0. Wieder ist Steffen beteiligt; wie geprügelte Hunde schleichen die Spieler der 6c danach über den Platz.

Dann ist endlich Halbzeit. David und die anderen Ersatzspieler besorgen beim Platzwart Sprudel. Als sie, die Hände voller Flaschen, zurückkehren, herrscht im Umkleideraum der 6c dicke Luft.

»Scheiße!«, sagt Thomas, nachdem er getrunken hat, und lässt einen endlosen Rülpser los.

»Wir laufen auf dem Platz rum wie die letzten Menschen«, schimpft Florian, während er sein abgeschürftes Knie mit Sprudelwasser kühlt.

»Der Steffen ist einfach zu gut«, sagt Heiner müde.

»Blödsinn!«, faucht Florian. »So leicht geben wir nicht auf! Wir packen es in der zweiten Halbzeit. Wäre doch gelacht!«

Einige zucken die Schultern, andere nicken müde.

Nur Mark schüttelt den Kopf. »Für mich ist Schluss«, sagt er und schnürt seine Fußballschuhe auf. »Ich kann den Steffen nicht halten. Tut mir leid.«

»Spinnst du?«, sagt Florian. »Du spielst natürlich weiter. Wir waren alle schlecht.«

Mark steht auf. »Ich gehe duschen. Nehmt den David. Vielleicht schafft der es ja.«

David bleibt für einen Augenblick die Luft weg. Jetzt, wo sein Traum in Erfüllung zu gehen scheint, hat er das Gefühl, vor Aufregung keinen Meter weit laufen zu können.

Doch zuerst sagt Niko: »Und warum stellt ihr nicht Hannes oder mich auf?«

»Ihr seid Stürmer«, antwortet Florian. »Wir brauchen einen Verteidiger. Also, was ist, David?«

Was für eine dumme Frage, denkt der. »Alles klar, ich versuch's«, antwortet er und seine Stimme klingt ein wenig zittrig. »Ich hab mir genau gemerkt, wie der Steffen spielt. Der geht immer außen vorbei, was anderes kann er nicht. Wenn ich ihn außen nicht vorbeilasse, kommt er nicht mehr zum Flanken. Dann sind die aus der 6a nur noch halb so gefährlich.«

»Seid ihr einverstanden mit dem Wechsel?«, fragt Florian seine Mitspieler.

Alle nicken, sogar Niko und Hannes. Daraufhin stellen sich die Spieler der 6a im Kreis auf, schreien: »Ibitscha, ibitscha, ibitschatschatscha, ischa, uh!«, und David gehört dazu. Er gehört wirklich dazu!

In der zweiten Halbzeit hat die 6a Anstoß. Sofort bekommt Steffen den Ball, läuft auf David zu – und ist schon an ihm vorbei. Hat ihn mit einer kurzen Körpertäuschung ausgespielt und rennt mit langen Schritten auf den Strafraum von Davids Mannschaft zu. Zum Glück fängt Lena die Flanke ab und die 6c hat den Ball. Doch je länger das Spiel dauert, desto besser gelingt es David, seinen Plan gegen Steffen durchzusetzen.

Der Stürmer der 6a flankt seltener, seine Mitspieler werden allmählich nervös. Ohne Steffen ist ihr Spiel tatsächlich längst nicht so viel wert.

Irgendwann holt Florian den ersten Eckball für die 6c heraus. Kaum hat der Schrader gepfiffen, läuft David nach vorn. Wenn er es nicht tut, wird er etwas Wichtiges verpassen, das spürt er genau.

»Wo willst du hin?«, schreit Heiner hinter

David her, während der bereits am Mittelkreis ist. »Du bist Verteidiger, Mensch, bleib hier!«

Aber David hört erst auf zu laufen, als er die Strafraumgrenze erreicht hat. Alle Stürmer der 6c sind gedeckt, ihn scheint niemand zu beachten. Und da segelt der Ball auch schon in den Strafraum, kreuzt für einen winzigen Augenblick die Bahn der Sonne, wunderschön sieht das aus, wie in einem Traum. David macht ein paar Schritte in Richtung Elfmeterpunkt, bleibt stehen, schaut nur auf den Ball, der zu ihm will, allein zu ihm, und David trifft das Leder, wie man es besser nicht treffen kann, er schießt es haargenau in den Winkel. Tor!!!

Der Ball ist wirklich drin!

Die anderen erdrücken ihn fast vor Begeisterung und David spürt mit einem Mal seine verletzte Schulter, die er seit seiner Einwechslung völlig vergessen hat. Er befreit sich aus dem Spielerpulk und läuft überglücklich, doch ein wenig krumm zurück zur Mittellinie.

Die Mannschaft der 6a hat jetzt gemerkt, dass sie das Spiel noch nicht gewonnen hat. Stürmisch berennt sie Lenas Tor, David bleibt keine Zeit seinen Triumph zu genießen. Aber die 6c hat Riesenglück. Ein Schuss der gegnerischen Mannschaft streift die Latte, einen anderen lenkt Lena mit den Fingerspitzen um den Pfosten. Und plötzlich fällt sogar, mitten in das Anrennen der 6a hinein, der Ausgleich für die 6c! Diesmal ist Florian der Schütze. Der Jubel, der folgt, ist unbeschreiblich, den Anhängern der 6a hat es die Sprache verschlagen.

»Los, nach hinten!«, brüllt Florian über den Platz. »Das Unentschieden reicht uns!«

»Die schießen kein Tor mehr!«, schreit David begeistert zurück. Heute ist sein Tag, er hat es gewusst, heute ist sein Tag!

Alles geht gut, die Spieler der 6c halten das Unentschieden bis weit in die zweite Halbzeit hinein. Doch dann passiert es: Steffen verliert den Ball erneut gegen David, rennt hinter ihm her und schlägt ihm rücksichtslos die Beine weg. David will sich irgendwo festhalten, aber da ist nichts. Mit voller Wucht stürzt er auf die Aschenbahn, genau auf seine verletzte Schulter.

Sterne wirbeln über den Nachmittagshimmel, David wird es schwindelig vor Schmerz. Ein paar Sekunden lang bleibt er reglos liegen, dann richtet er sich mühsam auf. Knie, Oberschenkel, Unterarme und Ellbogen sind aufgeschürft, vom Kinn tropft Blut auf sein Trikot. Und der Steffen steht, die Hände in die Seiten gestützt, zwischen seinen Mitspielern und grinst.

Der grinst!

Da springt David auf und rennt auf Steffen los. Der Schmerz ist ihm gleichgültig. Keiner kann ihn aufhalten, auch der Schrader nicht, den schüttelt er einfach ab.

Erst im letzten Augenblick scheint Steffen zu begreifen, dass es David Ernst ist. Er läuft weg, doch David ist schneller.

In der Nähe der Weitsprunganlage stürzt er sich auf seinen Gegner, wirft ihn zu Boden und schlägt zu. Und schreit. Und schlägt. Und reißt Steffen an den Haaren, so lange, bis ihn jemand wegstößt und ihm eine schallende Ohrfeige versetzt.

»Bist du übergeschnappt?«, brüllt der Schrader und schüttelt David hin und her.

»Bist du übergeschnappt?«, wiederholt er, als David nicht reagiert. Der steht da, immer noch mit erhobenen Fäusten, und starrt den Schrader aus weit aufgerissenen Augen an.

Währenddessen kommt Steffen langsam hoch. Auch ihn hat er jetzt ganz schön erwischt – seine Unterlippe ist aufgeplatzt, oberhalb der

Nasenwurzel wächst eine Beule, die Arme sind zerkratzt. Er macht einen Schritt auf David zu.

»Steffen!«, ruft der Schrader.

Steffen spuckt aus. »Schon gut, schon gut.« Und zu David gewandt zischt er: »Das hast du nicht umsonst getan, das verspreche ich dir!«

»Für dich ist das Spiel zu Ende, David«, sagt der Schrader.

David antwortet nicht.

Er hat die Fäuste sinken lassen, seine Arme baumeln am Körper herunter, als ob sie nicht zu ihm gehörten. Kalt ist ihm jetzt, komisch, die Sonne brennt vom Himmel und ihm ist kalt.

»Der Steffen hat dich ziemlich schlimm gefoult«, hört er den Schrader wie aus der Ferne sagen. »Aber das ist doch kein Grund ihn deswegen zusammenzuschlagen! Du gehst in die Umkleidekabine und wartest dort, bis das Spiel vorbei ist. Ich habe noch mit dir zu reden.«

David schweigt.

»Und Steffen darf weiterspielen?«, fragt Florian.

Der Schrader nickt.

»Das ist ungerecht!«, ruft Florian.

»Nein«, sagt der Schrader und greift in seine Hosentasche. »Für den habe ich die Gelbe Karte.«

6

Der Weg in die Umkleidekabine kommt David endlos vor. Hinter sich hört er Geschrei, das Spiel hat wohl wieder begonnen.

Musste das passieren?, geht es ihm durch den Kopf. Hätte er den Steffen nicht zusammengeschlagen, vielleicht wäre der dann vom Platz geflogen. Bestimmt sogar; schließlich war es ein absichtliches Foul. Jetzt werden sie David nie wieder aufstellen, nie wieder!

In der Umkleidekabine setzt er sich auf eine der harten Bänke. Der Lärm von draußen ist hier drinnen kaum zu hören. David ist müde, alles tut ihm weh. Die Wunde am Kinn hat aufgehört zu bluten, wenigstens das. Er zieht sich vorsichtig aus, duscht sich schnell ab und schlüpft in Hose und Oberhemd. Dann wartet er, dass der Schrader das Spiel abpfeift.

Irgendwann hört David den dreifachen Pfiff, danach lauten Jubel. Ein paar Minuten später drängen die Spieler der 6c durch die Tür. Ein

Blick in ihre Gesichter genügt und David weiß, was geschehen ist. Unwillkürlich zieht er den Kopf ein.

Und wirklich verliert Heiner keine Zeit. »Blöder Hund«, fährt er David an. »Was bist du doch für ein einmalig blöder Hund!«

»3:2 verloren haben wir«, flucht Christian und knallt seine Fußballschuhe auf den gekachelten Boden. »Dreimal darfst du raten, wer das letzte Tor geschossen hat! Natürlich der Steffen!«

David räuspert sich, sein Hals ist trocken. »Ich wollte das nicht«, sagt er schließlich.

»So, du wolltest das nicht!«, regt sich Heiner auf. »Davon haben wir nichts! Das hättest du dir früher überlegen sollen!«

»Genau«, sagt Christian in die Runde. »Wenn der da nicht durchgedreht wäre, hätten wir die Flaschen aus der 6a geschlagen.«

Er will noch etwas sagen, doch Florian schlägt mit seinen Fußballschuhen so fest gegen den Blechmülleimer, dass alle verstummen.

»Hört auf«, sagt er müde. »Wir haben alle verloren.« Dann beginnt er, sich auszuziehen.

Trotzdem geben die anderen keine Ruhe. Alle reden gleichzeitig auf David ein. Am liebsten würde er sich die Ohren zuhalten, aber er ist wie gelähmt. Warum habe ich mich vorhin nicht zusammenreißen können?, geht es ihm immer wieder durch den Kopf. Er spürt, wie seine Oberschenkel zu zittern beginnen, und er möchte sich klein machen, immer kleiner, bis er ganz verschwunden ist.

Allmählich beruhigen sich seine Klassenkameraden. Einer nach dem anderen zieht sich aus und verschwindet unter der Dusche. Als letzter geht Heiner in den dampfenden Raum. An der Tür dreht er sich noch einmal um. »Schläger«, sagt er verächtlich zu David und stellt sich neben Florian unter die Dusche.

David nimmt seine Sporttasche und steht auf. Soll er denen erklären, dass er überhaupt kein Schläger ist? Die würden ihm sowieso nicht glauben. Bestimmt hat Alexander den anderen schon von dem Streit im Bus erzählt. Soll er denen erklären, was Schmerzen sind? Dass Schmerzen einen verwandeln können in etwas, was so übermächtig ist, dass man es nicht aufhalten kann? Was wissen die schon! Von Schmerzen haben die keine Ahnung. David kennt sich damit aus. Seit er denken kann, weiß er, was Schmerzen sind.

Leise verlässt er die Umkleidekabine und

schließt die Tür hinter sich. Auf den Schrader kann er ebenso gut draußen warten.

In der Nähe der Kassenhäuschen setzt sich David auf eine Mauer. Es ist plötzlich kühl geworden, die Sonne ist hinter dunklen Wolken verschwunden. Das Stadion liegt verlassen da, der stärker werdende Wind schiebt ein großes Pappschild auf David zu. *»We are the champignons!«*, liest er. Das *g* und das *n* sind mit einem dicken roten Filzstift hinzugefügt worden. Das war bestimmt einer aus der 6a, denkt David. Ganz schön doof sind die. Jetzt müssen sie nur noch ein Spiel gewinnen, dann sind sie endgültig Unterstufenmeister. Und die 6c kann nach dem Unentschieden vor vier Wochen gegen die 6b ihren Titel nicht verteidigen. David schlägt mit der flachen Hand gegen den rauen Stein. Ein blöder Hund ist er, ein saublöder, Heiner hat recht!

Der Schrader reißt David aus seinen Gedanken. Mit einem Mal steht er vor ihm und fragt: »Gehen wir ein Eis essen?«

Im ersten Augenblick ist David so verwirrt, dass er kein Wort herausbekommt. Erst wirft ihn der Schrader vom Platz und nun lädt er ihn zum Eisessen ein?

»Wie bitte?«, bringt er endlich heraus.

»Ich könnte ein Eis vertragen«, sagt der Schrader. »Du nicht? Außerdem möchte ich gern ein paar Dinge mit dir bereden.«

David schluckt. Aufgepasst, denkt er, der Schrader hat was vor. Dem geht es doch gar nicht ums Eisessen. Der wird David zuerst eine Strafpredigt halten wegen der Sache mit Steffen und ihm dann jede Menge unangenehmer Fragen stellen, garantiert auch zu den blauen Flecken. Aber David lässt sich nicht aushorchen, von niemandem. Er hat den Eltern versprochen, dass er dichthält, und daran wird sich nichts ändern. Es geht alles kaputt, haben sie ihm eingeschärft, wenn du darüber sprichst.

»Na, was ist?«, fragt der Schrader und fügt hinzu: »Ich zahle natürlich.«

»Danke, ich muss nach Hause«, sagt David.

»Und ich kann dich nicht überreden?«, fragt der Schrader.

David schüttelt den Kopf. »Ich darf nicht zu spät kommen. Sonst gibt's Ärger.«

Der Schrader fährt sich durch die Haare. »Schade. – Na, wenn du nicht mit mir reden magst, machen wir es eben anders.«

Er holt ein Stück Papier aus seiner Brieftasche

und kritzelt einige Zeilen darauf. »Ich will mit deinen Eltern sprechen«, sagt er. »Den Zettel bringst du mir bitte morgen unterschrieben zurück.«

David erschrickt. Auch das noch! Das wird ein Abend werden! Warum ist er heute Nachmittag bloß nicht zu Hause geblieben?

»Herr Schrader?«, sagt er hastig.

»Ja?«

»Es tut mir leid. Ich wollte das nicht, wirklich nicht. Ich entschuldige mich beim Steffen, ist doch klar. Vielleicht hat der mich ja gar nicht absichtlich gefoult. So etwas passiert mir bestimmt nie wieder.«

»Schon gut«, sagt der Schrader. »Aber deine Eltern will ich trotzdem sehen. Also – mach's gut, David.«

Damit steigt er in sein Auto, das er vor dem Platzwarthaus geparkt hat, und fährt davon.

David geht langsam hinterher. Für heute hat er die Nase voll, alle können ihm gestohlen bleiben. Am liebsten würde er sich irgendwohin verkriechen. Nur an Lena und Alexander, die am Stadiontor stehen, muss er noch vorbei. Die beiden lachen und Alexander klopft Lena ein paar Mal auf die Schulter. Doch als er David kommen sieht, verabschiedet er sich rasch. David ist das nur recht. Lena allerdings wartet auf ihn. Sie hat die Knieschützer abgenommen und den schwarzen Torwartpullover ausgezogen.

»Na?«, sagt sie, als David sich an ihr vorbeidrücken will.

»Ich weiß schon«, knurrt David.

»Was ist los?«, fragt Lena erstaunt.

»Du meinst doch bestimmt auch, dass ich schuld bin, oder?«, fragt David zurück. »Der David ist schuld, dass die 6c verloren hat; der David ist schuld, dass die 6c nicht mehr Meister werden kann; der David ist schuld, dass es gleich zu regnen anfängt; der David ist schuld …«

»Hör schon auf!«, fällt Lena ihm lachend ins Wort. »Das letzte Tor geht auf meine Kappe. Ich hätte den Schuss halten müssen. Normalerweise hätte ich den Ball auch von der Linie gepustet, aber ich hab mich wohl verschätzt. Was soll's? Auf jeden Fall gewinnen wir nächstes Jahr wieder die Meisterschaft.«

»Ohne mich«, sagt David.

»Abwarten«, widerspricht Lena. »Obwohl du im Augenblick wirklich schlechte Karten hast. Dabei warst du echt gut, David.«

David fühlt sich mit einem Mal viel besser.

Seine Müdigkeit ist verschwunden, jetzt hätte er tatsächlich Lust, Eis essen zu gehen – natürlich mit Lena.

»Ich muss los«, sagt sie. »Übrigens, magst du zu meinem Geburtstag kommen?«

»Ich … Klar«, bringt David mit Mühe heraus. »Aber wann, wie, wo?«

In diesem Augenblick hält der Bus und Lena rennt los, bevor sie Davids Fragen beantworten kann.

»Wann hast du überhaupt Geburtstag?«, ruft er hinter ihr her.

Sie dreht sich um. »Am Samstag!«

Dann springt sie in den Bus und die Türen schließen sich.

7

Wahnsinn, denkt David, während er auf seinen Bus wartet. Da hat er geglaubt, alle sind sauer auf ihn, und dann lädt ihn Lena zu ihrer Geburtstagsfete ein. Ausgerechnet Lena! Er hat zwar gewusst, dass bei ihr auch Jungen mitfeiern, aber er hätte im Traum nicht daran gedacht, jemals dabei zu sein. Denn Lena – die ist etwas Besonderes.

Nachdenklich betastet David seine Backe, die nach Schraders Ohrfeige angeschwollen ist. Sie fühlt sich fast wieder normal an. Eigentlich spürt er nur die verletzte Schulter, die Schmerzen an Kinn, Beinen und Armen sind verschwunden.

Sie werden natürlich wiederkommen, das weiß er genau. Sie kommen immer wieder, meistens in der Nacht. Sein Körper vergisst Verletzungen nicht. Manchmal erinnert der sich noch Wochen später an einen Schlag des Vaters, er zeichnet irgendwo auf, was man ihm antut. David hat bereits eine ziemlich lange Liste.

Als die Linie 12 in die Haltebucht fährt, fallen gerade die ersten Regentropfen. Kaum ist David eingestiegen, sieht er, wie drei Jungen aus dem Stadiontor laufen. Er erschrickt – es sind Steffen und zwei seiner Mitspieler aus der 6a. »Fahr los!« , würde er dem Busfahrer am liebsten zurufen, aber die Kehle ist ihm wie zugeschnürt.

Die drei Jungen sind nur noch wenige Meter vom Bus entfernt, da fährt er tatsächlich los. David schickt ein stilles Dankgebet zum Himmel. Die drei drohen ihm mit den Fäusten, nachdem sie ihn hinter der Scheibe entdeckt haben.

David rutscht tiefer in seinen Sitz. Junge, das war knapp! Im Bus hätten die drei ihm nichts tun können. Aber was wäre gewesen, wenn sie erst an der Siedlung ausgestiegen wären? Mit Steffen wäre David vielleicht allein fertig geworden. Aber gleich mit dreien? In den nächsten Tagen wird er sich jedenfalls vorsehen müssen, der Steffen wird eine Gelegenheit suchen, um ihm die Schläge heimzuzahlen.

David schließt die Augen. Wann ist endlich Schluss damit? Er hält das nicht mehr aus –

überall diese Wut, diese Feindseligkeit. Seine eigene Wut gehört auch dazu, natürlich, die ist oft so groß. Auf jeden ist er schon wütend gewesen – auch auf die Mutter und den Vater. Nur im Keller ist er auf den Vater nicht wütend. Im Keller gibt es keinen Vater und keinen David. Da ist nur DAS DING und einer, der sich davor fürchtet.

Schnell öffnet David die Augen wieder. Nein, der Keller ist jetzt weit weg, er muss sich vor allem etwas einfallen lassen, um die Mutter zu besänftigen. Gelingt ihm das, hat er es mit dem Vater leichter.

Zum zweiten Mal an diesem Tag geht David den Weg von der Bushaltestelle nach Hause. Dabei hält er sich die Sporttasche über den Kopf. Trotzdem ist er durchnässt, als er in der Regerstraße ankommt. Er wird sich sofort bei der Mutter entschuldigen, das ist immer das Beste. Ihn fröstelt, von den Haaren tropft es ihm in den Nacken.

Erst nach dem zweiten Klingeln öffnet ihm die Mutter.

»Es tut mir leid«, beginnt David. »Ich wollte …«

»Wie siehst du denn aus?«, sagt sie und

schiebt ihn ins Haus. »Du hast dir ja das Kinn aufgeschlagen! Aber zieh dir erst mal trockene Sachen an.« Sie nimmt ihm die Sporttasche aus der Hand. »Danach verpflastere ich dich.«

»Ich wollte …«, setzt David erneut an.

»Lass uns nachher darüber reden«, sagt sie. »Sonst erkältest du dich.«

Erleichtert läuft David ins Badezimmer. Wird es womöglich überhaupt kein Donnerwetter geben?, überlegt er, während er die nassen Sachen über die Wanne hängt. Nackt schlüpft er in seinen Bademantel. Den zieht er immer an, wenn es ihm sehr gut geht. Oder sehr schlecht.

Als er in die Küche kommt, schaut sich die Mutter sofort Davids Kinn an.

»Wie ist das passiert?«, fragt sie.

»Das war der Steffen aus der 6a.« David zeigt ihr die Schürfwunden an Knien und Ellbogen. »Der hat mich auf die Aschenbahn fliegen lassen.«

»Das ist ja scheußlich.« Vorsichtig pinselt sie ihm Jod auf die Wunden. »Und was hast du mit deiner Backe gemacht?«, fragt sie weiter. »Sieht aus wie von einer Ohrfeige. Sag mal, hast du dich etwa wieder mit jemandem angelegt?«

David schüttelt energisch den Kopf. Schraders Ohrfeige … Mensch, fällt ihm in derselben Sekunde ein, der Zettel vom Schrader steckt ja in der Sporttasche! Wenn die Eltern den sehen, kann noch alles Mögliche geschehen.

»Dann ist das wohl auch beim Sturz passiert«, sagt die Mutter und David liest an ihrem Gesicht ab, dass sie es selbst nicht glaubt. Aber sie fragt nicht weiter.

Schließlich ist sie mit dem Verpflastern fertig und David könnte jetzt eigentlich ruhiger werden. Doch er hat nur noch diesen verflixten Brief im Kopf.

Warum ist er nicht mit dem Schrader Eis essen gegangen? Was wäre schon dabei gewesen? Nun hat David die Bescherung. Wie kann man so dumm sein!

Die Mutter steckt sich eine Zigarette an. »Dein Vater hat angerufen, kurz nachdem du weg warst. Ich habe ihm natürlich erzählt, dass du zum Fußball gegangen bist, obwohl ich es dir verboten hatte.«

David kriecht tiefer in seinen Bademantel.

»Er hat sich gewaltig aufgeregt«, sagt sie. »Das kannst du dir sicher vorstellen. Eigentlich wollte er sofort zum Stadion fahren und dich holen. Es war nicht einfach, ihm das auszureden.«

Sie bläst den Rauch zur Decke. »Wir haben beschlossen, dass du diesmal Hausarrest bekommst.«

»Ab wann?«, fragt David. »Und wie lange, Mama?«

»Ab morgen«, antwortet sie. »Und für eine Woche.« Sie schaut David traurig an. »Vielleicht nützt das ja was. Alles andere scheint dich nicht zu beeindrucken.«

Und Lenas Geburtstag?, schießt es David durch den Kopf. Eine Woche Hausarrest schafft er leicht, er geht sowieso nicht viel raus. Doch was wird aus Lenas Geburtstagsfete?

»Kann der Hausarrest nicht erst am Montag anfangen?«, fragt er aufgeregt. »Oder am Sonntag?«

»Hast du wieder ein Fußballspiel?«, fragt die Mutter zurück.

»Nein.« Er zögert. Jetzt müsste er eine gute Geschichte haben, nur fällt ihm vor der Mutter so rasch keine ein. Also die Wahrheit: »Die Lena aus meiner Klasse hat am Samstag Geburtstag«, sagt er. »Sie hat mich eingeladen.«

»Pech für dich«, erwidert die Mutter. »Dein Hausarrest fängt morgen an, klar? Du hättest heute Nachmittag ja hierbleiben können. Dann hätten wir nichts dagegen gehabt, dass du zu diesem Mädchen gehst. Aber nicht gehorchen und dafür auch noch eine Belohnung kriegen? Nicht mit uns.«

David unternimmt einen letzten Versuch. »Und wenn ihr mir ab Sonntag oder Montag zwei Wochen Hausarrest gebt? Bitte! Ich habe mich so auf Lenas Geburtstag gefreut!«

Die Mutter steht auf. »Schluss jetzt. Geh, räum dein Zimmer auf.«

»Es ist aufgeräumt!«

»Dein Zimmer ist nie aufgeräumt. Wird's bald?«

Aber David bleibt sitzen. Selbst wenn er wollte, er könnte nicht aufstehen. Die Worte der Mutter halten ihn auf seinem Stuhl fest.

»Ihr macht mir alles kaputt«, sagt er leise.

»Was ist?«

»Ihr macht alles kaputt«, wiederholt David verzweifelt. »Manchmal möchte ich tot sein.«

Die Mutter hält sich erschrocken die Hand vor den Mund. »So etwas darfst du nicht sagen!«, ruft sie. »Damit spaßt man nicht!«

David hört kaum hin. Wenn er an den Tod denkt, muss er sofort an den Keller denken. Und an den Vater. Dass der ihn anschreit und immer lauter schreit, bis er ihn mit in das schwarze Loch nimmt. Jedes Mal glaubt David: Jetzt ist es aus, diesmal bleibst du unten, diesmal schaffst du es nicht. Und der Vater brüllt nur immer lauter, David versteht überhaupt nicht, was, und holt DAS DING aus dem Regal. Noch nie hat David DAS DING angefasst, nie wird er es anfassen, in seinem ganzen Leben nicht. Er kriegt keine Luft, das ist schlimm, weil er etwas sagen möchte, dringend möchte er dem Vater etwas sagen. Dass er ihn nicht schlagen soll, dass David ihn lieb hat, möchte er ihm sagen, dass er ein liebes Kind ist, ein gutes Kind. Und dass der Vater aufhören soll zu schreien, ja, das auch. Aber der hört nicht auf und DAS DING kommt angesaust. Es pfeift ein bisschen, wie wenn man mit dem Fahrrad einen steilen Berg hinunterfährt. Und es pfeift und der Vater schreit und es tut weh und David weiß, dass es gleich mit ihm aus sein wird. Dann hört er kein Pfeifen mehr und kein Schreien, dann gibt es ihn nicht mehr.

»Woran denkst du?«, fragt die Mutter.

»An Papa«, murmelt David. »Dass er mich wieder schlägt.«

»Davor brauchst du keine Angst zu haben«,

beruhigt ihn die Mutter. »Du kriegst Hausarrest und damit hat es sich.«

Wenn das so sicher wäre, denkt David. Bei dem Vater weiß man nie. Wenn der Schraders Brief sieht … Der Vater hat David schon so oft verprügelt, obwohl gar nichts Besonderes passiert war. Einmal hat sich David im Winter nicht warm genug angezogen. Ein andermal ist ihm die Suppenschüssel heruntergefallen. Oder David verspätet sich oder er hat eine andere Meinung, als die Eltern haben, oder er will etwas, was sie nicht wollen. Dann brüllt der Vater und holt DAS DING aus dem Regal und David glaubt, jetzt ist es für immer aus. – Dass David nicht zu Lena darf, ist zwar schlimm, aber es ist nichts gegen das, was heute Abend passieren könnte.

Still ist es in der Küche. Es hat aufgehört zu regnen, die Sonnenstrahlen lassen die Schöpfkellen über dem Herd aufleuchten. David ist erschöpft, er verkriecht sich in seinen Bademantel wie in eine zweite Haut. Weich ist die, so weich, und riecht gut. Der Bademantel schützt ihn – wenigstens im Augenblick.

»Ich verstehe ja, dass du wegen dieser Lena traurig bist«, hört David die Mutter sagen. »Aber es kann im Leben nicht alles so gehen, wie du es gern haben willst. Es muss Strafen und Verbote geben, wo kämen wir sonst hin? Vieles wissen wir Erwachsenen einfach besser, ob dir das nun passt oder nicht.«

Hör auf zu reden, denkt David, hör bloß auf!

»Schon als Kind hast du immer nur versucht, deinen Kopf durchzusetzen«, fährt die Mutter fort. »Da half oft nur ein Klaps auf den Po.«

Hör auf!

»Wenn du ein bisschen Rücksicht auf uns nehmen würdest, könnten wir es gut miteinander haben. Willst du es nicht versuchen?«

»Ja«, murmelt David.

In diesem Augenblick klingelt das Telefon.

»Das wird dein Vater sein«, sagt Davids Mutter und läuft in die Diele.

»Es ist für dich!«, ruft sie, nachdem sie abgenommen hat. »Diese Lena will dich sprechen!«

»Hallo, Lena«, sagt David.

»Hallo. Ich wollte dir nur sagen, dass meine Fete um drei anfängt.«

David räuspert sich. »Du, ich kann leider nicht kommen. Mein … hm … mein Großvater hat am Samstag Geburtstag. Da muss ich hin.«

Am anderen Ende der Leitung ist es für einen

Moment still. Dann sagt Lena: »Aha, dein Opa hat Geburtstag.«

»Ja«, beeilt sich David zu versichern. »Ich hatte es total vergessen.«

»Na, dann viel Spaß beim Feiern«, sagt Lena schnippisch.

»Du, Lena ...«

»Was ist denn noch?«

»Ach, nichts. Tschüss!«

»Tschüss.«

David schaut auf die Uhr. In einer halben Stunde kommt der Vater nach Hause. Wenn David bis dahin geduscht und umgezogen sein will, muss er sich beeilen.

Im Badezimmer zieht er sich vor dem Spiegel aus, doch er blickt nicht hinein. Er mag sich nicht ansehen, mehr als einmal ist er schon erschrocken vor dem, was er sah. Außerdem kennt er seinen Körper. Er weiß, wie sich jeder einzelne Fetzen Haut anfühlt.

Ob es heute wirklich keine Schläge gibt?, überlegt er. Als David sechs oder sieben Jahre alt war, hat der Vater einmal versprochen, ihn ab jetzt nicht mehr zu schlagen. Aber dann ging David kurz darauf in den Sommerferien am Strand verloren und die Strandwache fand ihn erst nach einer Stunde. Am Abend verprügelte ihn der Vater so, dass die Haut auf Davids Po aufplatzte. Die Wunde entzündete sich und sie mussten zum Arzt. Der stellte natürlich Fragen, aber Davids Vater redete sich heraus. Danach bekam David einen Spielzeugbagger geschenkt und einen Drachen, der wie ein Krokodil aussah, und es wurden doch noch richtig schöne Ferien.

Und so ist es seither meistens gewesen: Schläge … Versöhnung, Schläge … Versöhnung. Und Versprechungen, die bald wieder gebrochen wurden.

Nach dem Duschen zieht David das Sweatshirt an, das er eigentlich auf Lenas Geburtstagsfete tragen wollte. Dann kämmt er sich die Haare, wie es der Vater gern sieht: an den Seiten glatt und mit Scheitel. Schließlich räumt er zwei Bücher ins Regal, die am Mittag liegen geblieben sind. Der Vater soll merken, dass David wirklich alles tut, damit es keinen Streit gibt.

Bis zum Abendessen bleiben zehn Minuten. Rasch öffnet David eine Schreibtischschublade und holt einen Bogen Papier heraus.

»Liebe Lena!«, schreibt er in seiner kleinen, fast unleserlichen Schrift. Er setzt ab, fügt einige Wörter hinzu, streicht sie durch und beginnt von vorn.

»Liebe Lena!
Ich wäre so gern zu Deinem Geburtstag gekommen. Aber ich darf nicht, weil ich ab morgen Hausarrest habe. Ich habe nämlich gegen die 6a mitgespielt, obwohl es mir meine Mutter verboten hatte.

Ich glaube, Du hast gemerkt, dass die Geschichte von meinem Großvater nicht stimmt. Wenigstens hat Deine Stimme sich so angehört. Hast Du Großeltern? Ich habe keine mehr, aber ich hätte gern welche.

Hättest Du eigentlich mit mir getanzt, wenn ich zu Deiner Fete gekommen wäre? Ich wäre Dir bestimmt auf die Füße getreten, aber ich bin ja nicht schwer.

Liebe Grüße

Dein David«

Er liest den Brief noch einmal aufmerksam durch. Dann faltet er den Bogen, steckt ihn in einen Umschlag, klebt ihn zu und schreibt Lenas Namen darauf. Danach nimmt er eines der Autoalben von der Kommode. In einer Klarsichthülle, in der er vorher die Autobilder verwahrt hat, bevor er sie einklebte, steckt ein dicker Packen Briefe. Und auf allen steht: Lena Kunst.

8

An diesem Abend verspätet sich Davids Vater. Das geschieht selten, meistens fährt er den Wagen pünktlich mit dem Glockenschlag in die Garage.

Davids Mutter hat inzwischen im Ofen Toasts mit Schinken und Käse überbacken. Von Zeit zu Zeit geht sie zum Küchenfenster und blickt die Regerstraße hinunter.

»Das ist nicht seine Art«, sagt sie, als der Vater eine halbe Stunde später noch immer nicht nach Hause gekommen ist. »Sonst ruft er doch an, wenn er in der Bank aufgehalten wird.«

»Wahrscheinlich steht er irgendwo im Stau«, sagt David. »Können wir nicht schon essen? Ich habe Hunger!«

Die Mutter schüttelt den Kopf. »Du weißt, dass er das überhaupt nicht mag.«

David holt sich einen Stuhl heran und setzt sich neben den Backofen. »Hast du …«, beginnt er zögernd, »hast du Papa eigentlich auch von der Sache mit Alexander erzählt?«

»Nein.«

»Tust du's noch?«

»Nein.«

»Danke«, sagt David.

Jetzt ertönt draußen endlich das vertraute Motorengeräusch: Vierzylinder, 90 PS, c_W-Wert 32, durchschnittlicher Verbrauch etwa acht Liter Super auf 100 Kilometer – eben eines dieser langweiligen Autos. Eins sieht aus wie das andere, na ja, ein paar Ausnahmen gibt es. Aber die würde sich Davids Vater nicht kaufen. Zu auffällig sind die, nichts für einen Bankangestellten. Der muss ein Langeweilerauto fahren. Der träumt nicht von einem alten Opel Kapitän oder von einem Maserati Biturbo.

Eigentlich schade, denkt David. Vielleicht kann der Vater nicht träumen, weil er den ganzen Tag mit Geld zu tun hat.

Dann hört er die Haustür zuschlagen, hört, wie die Aktentasche auf den Schuhschrank knallt, hört, wie die Badezimmertür krachend ins Schloss fällt. Alles Geräusche, die schlechte Laune bedeuten.

Wenig später sitzt der Vater am Tisch, steckt

sich die Serviette in den Hemdkragen und fragt mürrisch: »Was gibt's zu essen?«

Davids Mutter stellt einen Teller mit Toasts vor ihn hin. »Sie sind leider kalt geworden. Wenn du sie nicht magst, nehme ich sie. Sag mal – warum hast du denn nicht angerufen?«

»Ging nicht«, antwortet er einsilbig. »Guten Appetit allerseits.«

Während sie essen, sagt niemand ein Wort. David weiß, dass es ein großer Fehler wäre, den Vater jetzt anzusprechen. Eine Kleinigkeit genügt und er explodiert. Doch schließlich ist es der Vater selbst, der zu reden anfängt.

»Habt ihr heute Nachmittag wenigstens gewonnen?«, fragt er David.

Mit allem hätte David gerechnet, aber bestimmt nicht mit dieser Frage. »Ja«, antwortet er. »Ich meine natürlich, nein. Ja also, wir haben verloren. 3:2.«

»Das ist knapp«, sagt der Vater.

»Ich habe sogar ein Tor geschossen«, sagt David.

»Nicht möglich.«

»Doch«, erwidert David. »Volley aus der Luft und genau in den Winkel.«

»Donnerwetter«, sagt der Vater und schaut David erstaunt und vielleicht sogar ein kleines bisschen stolz an. Wenigstens kommt es David so vor.

Und weil der Vater ihn anders anblickt als sonst, denkt David, dass er jetzt die Sache mit dem Nachmittag aus der Welt schaffen kann, und er sagt: »Es tut mir leid, dass ich nicht auf Mama gehört habe. Ehrlich! Aber sie haben mich zum ersten Mal aufgestellt und ich fand das so toll, weil ich schon immer in der Mannschaft spielen wollte. Und dann …«

»Ist ja gut«, unterbricht ihn der Vater. »Was glaubst du, wie gern ich als Junge in einen Fußballverein gegangen wäre! Aber mein Vater hat es nicht erlaubt. Damals war ich unheimlich sauer auf ihn, das kannst du dir bestimmt vorstellen. Heute weiß ich, dass er hundertprozentig recht hatte. Ich habe mich ganz auf die Schule konzentriert und später auf meine Arbeit in der Bank.«

Er faltet seine Serviette zusammen. »Die Schule geht vor. Deshalb hat deine Mutter dir auch verboten, zum Fußballspiel zu gehen. Sie wollte dich nicht schikanieren.«

»Ich weiß, Papa.«

Puh, denkt David, das Schlimmste ist überstanden. Nicht mal geschrien hat der Vater. Müde sieht er aus, erschöpft und irgendwie grau. Ein bisschen alt auch. Ringe hat er unter den Augen und tiefe Falten auf der Stirn und am Hals. Der sieht aus wie der Hals einer Schildkröte, ledern und zu klein für den Körper.

»Gab's was Besonderes in der Bank?«, fragt die Mutter.

»Und ob!« Der Vater schlägt mit der flachen Hand auf den Tisch. »Und ob! Es geht immer noch um den Kredit für diese marode Computerfirma. Der bringt mich noch um! Alle haben ihn abgesegnet, aber ich kriege die Vorwürfe.«

»Reg dich nicht auf«, sagt die Mutter.

»Die Geschichte verfolgt mich, ehrlich! Noch nie hatte ich den Urlaub so nötig wie dieses Jahr!«

David tippt dem Vater vorsichtig auf den Arm. »Warum gehst du nicht einfach zu einer anderen Bank?«, fragt er.

Der Vater lacht gequält. »Das ist nicht so einfach. Mit deiner Bank bist du verheiratet – wenigstens ein bisschen.«

Später sitzen sie im Wohnzimmer. Die Stimmung hat sich verändert, es ist fast gemütlich jetzt. Der Vater hat die Prospekte für die Sommerferien herausgeholt und sie schmieden

Pläne für die drei Wochen in Dänemark. Mindestens zwei große Fahrradtouren wollen sie machen und eine Kutschfahrt. Sie werden zur Delfinschau gehen und mit einem alten dickbäuchigen Boot zu den Inseln segeln. Natürlich werden sie jeden Strand in der Umgebung besuchen und Muscheln, Seesterne, seltene Steine und Krebse sammeln und bei Ebbe Flundern stechen. Im letzten Jahr hat David eine erwischt, die ist noch am selben Abend in die Pfanne gewandert.

Irgendwann schaut der Vater auf die Uhr. »Es wird Zeit für dich«, sagt er zu David.

»Wieso?«, fragt der. »Es ist erst halb neun.«

Der Vater gähnt. »Letzte Nacht haben wir alle zu wenig geschlafen. Mutter und ich bleiben auch nicht mehr lange auf.«

Zuerst will David widersprechen. Doch dann lässt er es; der Abend ist so gut verlaufen, zum Schluss soll es jetzt keinen Krach geben.

Nur – da ist immer noch Schraders Brief.

David zieht sich in seinem Zimmer aus. Danach nimmt er das zerknitterte Blatt Papier aus seiner Sporttasche und legt es vor sich auf den Schreibtisch. »… möchte ich Sie bitten zu einem Gespräch zu mir in die Schule zu kommen. Bitte schlagen Sie einen Termin vor …«, liest er. Einen Moment lang überlegt er, das Schreiben in winzig kleine Schnipsel zu zerreißen und im Klo verschwinden zu lassen. Aber dann steigt er in seinen Schlafanzug und geht entschlossen mit Schraders Brief ins Wohnzimmer hinunter. Auch das wird er noch überstehen, vielleicht wird es ja gar nicht so schlimm. »Das müsst ihr unterschreiben«, sagt er, legt das Papier vor seine Eltern auf den Couchtisch und läuft ins Badezimmer.

Als er zurückkommt, sieht er gleich, dass das Schreiben noch unberührt daliegt. Im Fernsehen läuft eine Quizsendung, es geht um ziemlich viel Geld.

»Den Brief da müsst ihr unterschreiben«, sagt David und will sich wieder auf sein Zimmer verziehen.

»Moment mal.« Der Vater dreht seinen Kopf vom Fernseher weg. »Von wem ist der Zettel?«

David holt tief Luft. »Vom Schrader«, antwortet er. »Das ist mein Sportlehrer.«

Der Vater stellt den Ton des Fernsehers ab und überfliegt das Papier. »Warum will er uns sprechen?«

»Keine Ahnung«, antwortet David, dem plötzlich heiß wird, obwohl er nur einen dünnen Schlafanzug trägt.

»Natürlich weißt du es«, sagt der Vater mit veränderter Stimme. »Also, was ist los?«

David beginnt zu zittern, immer beginnt er zu zittern, wenn der Vater diese Stimme bekommt. Hätte er dem Schrader morgen nicht erzählen können, dass er den Brief auf dem Weg nach Hause verloren hat? Vielleicht hätte der die Sache dann auf sich beruhen lassen. Und wenn nicht, hätte David wenigstens noch ein paar Tage gewonnen.

»Der Schrader hat unser Spiel gegen die 6a gepfiffen«, sagt David mit gepresster Stimme. »Er hat mich vom Platz gestellt.«

»Wie bitte?!«

»Er hat mir die Rote Karte gezeigt. Einer aus der anderen Mannschaft hat mich übel gefoult und da habe ich zurückgetreten.« David krempelt Ärmel und Hosenbeine hoch und zeigt die zahlreichen Pflaster.

Der Vater denkt einen Augenblick nach. »Aber deswegen will er uns doch bestimmt nicht sprechen – nur weil er dich vom Platz geworfen hat, oder?«

»Nein. Ich … also, weißt du …« David stockt. »Das war … nämlich … Na ja, ich habe eben ein bisschen mehr als getreten.«

»Was heißt das?«, fragt der Vater ungeduldig.

David reibt die schweißnassen Handflächen gegeneinander. »Ich habe ihn zusammengeschlagen«, sagt er schließlich leise.

»Was hast du?« Die Mutter springt auf. »Heute Mittag den Alexander und heute Nachmittag den nächsten Jungen? Bist du übergeschnappt?«

»Was war mit diesem Alexander?«, fragt der Vater.

»Bitte, Mama!«, ruft David. »Bitte nicht! Du hast es mir versprochen!«

Doch die Mutter beachtet ihn nicht. Während sie erzählt, füllen sich Davids Augen mit Tränen, alles um ihn herum verschwimmt. Er weiß, was gleich geschehen wird, und er hat Angst, er hat schreckliche Angst.

Schließlich hört David nur noch die Stimme des Vaters, er hört sein Brüllen, lauter und lauter wird es, zwei Hände zerren ihn aus dem Wohnzimmer.

»Nein!«, schreit David. »Ich will nicht!«

Und da fällt ihm ein, dass er seinen Eltern etwas zu sagen vergessen hat, etwas sehr Wichtiges sogar, und er ruft: »Der Schrader hat mich nackt gesehen! Der hat was gemerkt!«

Für einen winzigen Augenblick wird der Griff um Davids Oberarme schwächer. Dann fliegt die Kellertür auf und David fällt in ein schwarzes Loch.

Das Kind schläft. GUTES KIND. Dunkel ist es ringsum und warm. Niemand soll Licht machen. Das tut weh. Die Decke will das Kind behalten, die ist so weich. LIEBES KIND. GUTES KIND. Wo kommt das Licht her? Ein bisschen darf sein. Das tut dem Kind nicht weh, nein. Draußen pfeift ein Vogel. Oder ist es der Wind? Das Kind will schlafen. Das Kind ist so müde.

Da kommt der Vogel ins Zimmer und pickt dem Kind in den Po und zieht ihm die Hose herunter mit einem Ruck. Kalt ist es auf einmal, das Kind friert. Und der Vogel pickt das Kind in den Po, halt, das ist zu fest! Der Vogel schreit und die Schreie tun viel weher als das Picken, das spürt das Kind schon gar nicht mehr. Und weil es so kalt ist und das Kind jetzt solche Angst hat, muss es pinkeln. Und das Wasser spritzt los, hinein in die Dunkelheit, die nur von einem dünnen Lichtstrahl durchbrochen wird. Der Vogel ist plötzlich riesengroß und verdeckt das Licht. Es ist ein Adler, die großen Flügel schlagen auf und nieder.

Und das Kind pinkelt dem Riesenvogel vor

die Füße, genau vor die Füße. Es will nicht, aber es fließt einfach aus ihm heraus. Jetzt schwingt sich der große Vogel empor, schreit lauter als laut und stürzt sich auf das Kind. LIEBES KIND. GUTES KIND. Die Flügel verwandeln sich in Klauen und sausen auf das Kind herab. Das Kind wimmert. Es möchte seine Decke wiederhaben und seine Hose. Der Vogel soll weggehen. Bitte, geh weg, Vogel. Und nimm DAS DING mit.

David wimmert nicht einmal mehr. Noch immer prasseln die Schläge auf ihn nieder. Vor Schmerzen bebt er am ganzen Körper.

»Hör auf«, bettelt er. »Hör auf!«

Da trifft ihn ein neuer Schlag, der ihn zusammensacken lässt und ihm die Luft nimmt. An der schlimmsten Stelle hat ihn DAS DING getroffen, dort, wo es morgens oft steif ist und manchmal feucht. Ohne darüber nachzudenken, packt David den Vater an dem Arm, der DAS DING hält. Hält ihn mit beiden Händen fest, nie wieder wird er loslassen. Und der Vater schleudert ihn im Kreis herum, bis David doch loslässt und mit voller Wucht gegen das Regal stürzt.

Auf einmal ist Ruhe. David hört den erregten

Atem des Vaters, dann verstummt auch dieses Geräusch. Vom gekachelten Boden steigt Kälte hoch, eine wunderbare Kälte.

Irgendwann geht das Deckenlicht an. David schaut an sich herunter. Der Körper ist von Striemen bedeckt, einige bluten. Die Schlafanzughose hängt ihm in den Kniekehlen, ein scharfer Uringeruch steigt in Davids Nase. Der geflochtene Stuhl vor der Werkbank ist umgekippt, die Marmeladengläser im Regal sind verrutscht. Eines ist heruntergefallen. Sein Inhalt sieht aus wie dickflüssiges Blut. DAS DING ist nirgendwo zu sehen.

»Steh auf«, sagt der Vater mit müder Stimme. »Zieh die Hose aus und steh auf.«

Er fährt sich durch die Haare, sein Gesicht ist rot. Wo David ihn am Arm gepackt hat, zieht sich ein Kratzer entlang.

Langsam, ganz langsam drückt sich David hoch. Merkwürdig, im rechten Arm hat er keine Kraft. Der fühlt sich an, als ob er nicht zu ihm gehörte. Als David endlich steht, wird ihm schwarz vor Augen. Der Vater fängt ihn auf und schleppt ihn die Kellertreppe hinauf nach oben.

Vor der Kellertür wartet die Mutter auf sie.

Sie hat verweinte Augen, wie jedes Mal, wenn

es passiert. Ohne ein Wort zu sagen, zieht sie David an sich und trägt ihn ins Badezimmer. Dort versorgt sie seine Wunden, steckt ihn in einen frischen Schlafanzug und bringt ihn in sein Zimmer.

»Das habe ich nicht gewollt«, sagt sie unglücklich, nachdem sie David zugedeckt hat. »Weiß Gott, das habe ich nicht gewollt.«

Dann streicht sie ihm über die Haare und verlässt das Zimmer.

Wenig später öffnet sich erneut die Tür. Es ist der Vater. Er setzt sich aufs Bett und nimmt Davids Hand.

»Ich hätte das nicht tun dürfen«, sagt er. »Aber es kommt nicht wieder vor. Das verspreche ich dir. In Ordnung?«

David antwortet nicht.

»In Ordnung?«, wiederholt der Vater. Seine Stimme ist anders als sonst. Zwar ist die gewohnte Ungeduld zu hören, doch auch etwas, was nach Angst klingt.

»Ich will schlafen«, murmelt David und dreht sich zur Wand.

Der Vater steht auf.

»DAS DING«, sagt David.

»Welches Ding?«

»Wirf es weg.«

Das Kind hat seine Decke wieder. Unter der ist es sicher, keiner kann ihm etwas tun. LIEBES KIND. GUTES KIND. Der Vogel ist weg, der große Vogel. Das Kind ist so müde. Für heute hat das Kind genug. Mach das Licht aus, Vogel.

9

Eine halbe Stunde später wacht David wieder auf. Er hat Durst, sein rechter Unterarm tut weh. Die Stiche strahlen von dort bis in die Fingerspitzen und die Schulter aus. Er braucht etwas zu trinken, jetzt gleich.

Mühsam klettert er aus dem Bett. Auf dem Weg in die Küche muss er sich am Treppengeländer festhalten, so wacklig ist er auf den Beinen. Aus dem Wohnzimmer hört er undeutlich die Stimmen seiner Eltern. Sie scheinen sich zu streiten, aber David ist zu benommen, um zu verstehen, worum es geht.

Als er den Kühlschrank öffnet, steht plötzlich die Mutter neben ihm. »Wie siehst du denn aus?«, fragt sie ängstlich. »Du bist ja ganz blass!«

»Mir ist zum Kotzen«, sagt David und gießt sich Milch ein.

»Mein armer Junge!« Sie führt ihn zu einem Stuhl. »Du gehörst ins Bett. Am besten bringe ich dich gleich wieder rauf.«

David stöhnt. »Mein Arm tut weh.«

»Lass mich mal sehen.« Die Mutter nimmt den Arm, bewegt ihn hin und her, gar nicht weit, aber David bricht der Schweiß aus.

»Bitte nicht«, flüstert er.

»Ich glaube, der ist gebrochen«, sagt sie schließlich. »Mein Gott, ich glaube, du hast dir den Arm gebrochen. Das müssen wir unbedingt deinem Vater zeigen.«

»Unsinn«, widerspricht der, nachdem er sich den Arm angeschaut hat. »So schnell bricht man sich nichts. Wahrscheinlich ist es eine Prellung. Das tut weh, ich kenne das. Als ich in deinem Alter war, habe ich mir auch mal …«

David lässt ihn nicht ausreden. Ihm ist schwindlig, außerdem ist ihm jetzt sowieso alles egal. »Er ist gebrochen!«, schreit er den Vater an. »Du hast mir den Arm gebrochen!«

Dann wird ihm schlecht und er schafft es gerade noch zur Toilette. Hinterher fühlt er sich nicht besser, im Gegenteil. Auch nach einigen Gläsern Wasser verschwindet der saure Geschmack nicht aus seinem Mund.

»Der Junge muss zum Arzt«, sagt die Mutter, als David aus dem Badezimmer zurückkehrt.

Der Vater verzieht das Gesicht. »Wollen wir

nicht bis morgen früh warten? Vielleicht ist die Sache bis dahin schon abgeklungen.«

Er zieht David neben sich auf die Couch. »Tut der Arm sehr weh?«

»Ziemlich«, murmelt David und rückt vom Vater weg.

»Er muss zum Arzt«, wiederholt die Mutter. »Wer sagt uns denn, dass es kein komplizierter Bruch ist? Ich jedenfalls möchte nicht daran schuld sein, wenn der Junge etwas zurückbehält!«

»Und was sollen wir sagen?«, fragt der Vater. Nervös zupft er an den Polstern, sein Adamsapfel hüpft auf und ab. »Stellt euch vor, der Arzt erfährt, was passiert ist! – Ich habe dem Jungen doch nicht absichtlich den Arm gebrochen«, fährt er fort, als keiner reagiert. »Er ist ungeschickt gefallen. War's nicht so?«

»Ich weiß nicht«, sagt David. Er darf sich nicht bewegen, die Schmerzen werden immer schlimmer.

Die Mutter springt auf. »Ich rufe jetzt die Notrufzentrale an«, sagt sie entschieden und geht zum Telefon.

Draußen wird es allmählich dunkel. Im Wohnzimmer der Sendts wirft der stumme Fernseher blaues Licht über Schränke, Sessel und Kommoden. Die Gegenstände kommen David vor wie aus Glas gemacht. Eine heftige Bewegung und alles wird zerspringen. David wickelt sich in die Wolldecke, die zusammengefaltet auf einem der Sessel gelegen hat, und zieht die Beine eng an den Körper.

Aus der Diele ist die hektische Stimme der Mutter zu hören. Sie redet schnell, viel schneller als sonst. Auch der Vater lauscht hinüber.

»Was ist?«, fragt er, als die Mutter zurückkehrt. »Was haben sie gesagt?«

»Wir müssen mit dem Jungen ins Krankenhaus«, antwortet sie.

»Nein!«

»Doch. Ohne Röntgenaufnahme schient kein Arzt den Bruch, behaupten sie. Wenn wir Pech haben, wird der Junge sogar operiert.«

Der Vater schüttelt ungläubig den Kopf. »Heißt das … Bedeutet das, dass sie ihn dabehalten werden?«

Die Mutter zuckt die Schultern.

Tut was, denkt David. Hört doch endlich auf zu reden!

Der Vater legt ihm einen Arm um die Schultern. »Pass mal gut auf«, sagt er. »Wir fahren also jetzt mit dir ins Krankenhaus, ja? Aber die Leute dort sollen keinen schlechten Eindruck von unserer Familie bekommen. Die sollen nicht meinen … Na, du weißt schon.«

David nickt.

»Du willst doch auch nicht, dass sie glauben, mit unserer Familie stimmt etwas nicht, oder?«

David schüttelt den Kopf.

»Gut. Also: Falls sie dich fragen, wie das mit dem Arm gewesen ist, sagst du, dass du ihn dir beim Fußball gebrochen hast, ja? Du bist unglücklich gefallen, als dich dieser Junge aus der gegnerischen Mannschaft gefoult hat.«

»Alles klar«, flüstert David.

»Wir müssen zusammenhalten«, sagt der Vater. »Das weißt du ja. Was hier in unserem Haus los ist, geht nur uns etwas an. Viele Leute warten bloß darauf, anderen üble Dinge anhängen zu können. Aber da sind sie bei uns an der falschen Adresse. Wir streiten uns und wir vertragen uns auch wieder, hab ich recht?«

»Bitte«, stöhnt David, »beeilt euch!«

Während der Vater den Wagen aus der Garage fährt, wird David angezogen wie ein kleines Kind. Die Mutter knöpft das Hemd zu und bindet ihm die Schnürsenkel, mit einer Hand schafft er das alles ja nicht. Dann wickelt sie ihn wieder in die Decke und führt ihn zum

Auto, wo er sich vorsichtig auf den Rücksitz legt.

Die Fahrt zum Krankenhaus dauert eine Ewigkeit. Überall sind Baustellen, an vielen Ampeln muss der Vater warten, einmal behindert sie ein quer stehender Lastwagen. David ist heilfroh, als sie endlich am Ziel sind. Sein Arm ist mittlerweile dick angeschwollen, eine Dampframme hämmert ihm ununterbrochen gegen die Knochen.

Der Pförtner schickt sie ein Stockwerk höher zur Chirurgischen Ambulanz. Dort stehen vor der Eingangstür graue Plastikstühle. Auf einem sitzt ein älterer Mann im Trainingsanzug mit einem blutverschmierten Verband um den linken Fuß. Außer ihm wartet niemand. Der Flur ist in kaltes Neonlicht getaucht.

David setzt sich mit seinen Eltern auf die Stühle neben dem Mann. »Bitte warten«, steht in blasser Leuchtschrift über dem Eingang zur Ambulanz.

Schweigend starren die drei auf die Schrift, doch sie verändert sich nicht. Niemand verlässt den Behandlungsraum, von drinnen ist kein Laut zu hören.

»Da können Sie lange warten«, sagt der Mann irgendwann. »Sie müssen sich anmelden.«

Der Vater deutet auf die Leuchtschrift. »Aber hier steht doch …«

»Kümmern Sie sich nicht darum«, erwidert der Mann. »Gehen Sie einfach rein.«

Zögernd steht der Vater auf, geht zur Tür und klopft. Eine Krankenschwester öffnet.

»Entschuldigen Sie, dass ich störe«, beginnt der Vater. »Aber unser Sohn hat sich den Arm gebrochen. Er hat starke Schmerzen und …«

»Moment.« Die Krankenschwester wendet sich an David und die Mutter, die ebenfalls aufgestanden sind. »Sie brauche ich im Augenblick nicht. Sie werden aufgerufen, wenn es so weit ist.«

Dann verschwindet sie mit dem Vater im Behandlungsraum.

»Und?«, flüstert die Mutter, als der Vater zurückkehrt.

»Sie wollten nur die Personalien wissen«, antwortet er ebenso leise. »Und die Krankenkasse.« Er streicht David über die schweißnasse Stirn. »Bald hast du es hinter dir. Sie haben gerade jemanden mit einer Platzwunde drin, danach bist du dran.«

»Und was ist mit ihm?« David zeigt auf den Mann mit dem verletzten Fuß. »Der war doch vor uns da.«

»Die werden schon wissen, was sie tun«, sagt der Vater.

Ein paar Minuten später öffnet sich die Tür zur Ambulanz und die Krankenschwester ruft David auf.

»Wollen Sie beide mit hereinkommen?«, fragt sie die Eltern.

»Aber selbstverständlich«, sagt der Vater.

Die Krankenschwester geht voraus in den Röntgenraum. Dort wartet eine andere Frau im weißen Kittel. Sie setzt David auf einen Hocker und sagt: »Wir werden den Arm jetzt röntgen. Deine Mutter hilft dir sicher das Oberhemd auszuziehen.«

»Muss das denn sein?«, fragt die Mutter.

»Wie bitte?«

»Ich meine … Ich weiß nicht, der Junge könnte sich doch erkälten«, sagt die Mutter.

Die Frau lächelt. »Keine Angst. Hier ist es warm genug. Wieso haben Sie dem Jungen denn überhaupt noch ein Hemd über den Arm gezogen? Das hat ihm doch bestimmt fürchterlich wehgetan!«

»Ich weiß auch nicht, Frau Doktor«, antwortet die Mutter kleinlaut.

»Die Frau Doktor können Sie weglassen«, sagt die Frau. »Ich bin Röntgenassistentin. – So, mein Junge, es geht los. Das Unterhemd kannst du ruhig anbehalten.«

Die Röntgenassistentin bugsiert David, der alles willenlos und stumm mit sich geschehen lässt, mitsamt seinem Hocker vor einen der beiden stählernen Tische, legt seinen verletzten Arm auf eine markierte Stelle und richtet ein Licht dorthin, wo es am heftigsten schmerzt. Schließlich verschwindet sie in einem Kämmerchen und ruft: »Nicht mehr bewegen!« Dann klickt es vernehmlich und es geht von vorn los, diesmal mit einer anderen Stellung des Arms.

Nach der dritten Aufnahme sagt die Röntgenassistentin zu David: »Wir sind fertig. War nicht schlimm, oder? Anzuziehen brauchst du dich nicht, du gehst gleich zum Doktor.«

Im Behandlungsraum empfängt sie ein kleiner schwarzhaariger Mann. Er trägt keinen weißen Kittel, aus der Brusttasche seines grob karierten Hemds hängt ein Stethoskop.

»Ich bin Doktor Krebs«, stellt er sich vor. »Kein guter Name für einen Arzt, stimmt's?« Er setzt David auf eine Liege und streicht ihm über den Arm. »Aber ich wollte immer Arzt werden, schon als ich so alt war wie du. Deshalb habe ich mich auch von meinem ungesunden Namen nicht abhalten lassen.«

David verzieht das Gesicht. Die Sprüche von diesem Doktor Krebs interessieren ihn nicht, denn jetzt sind die Schmerzen noch stärker als zuvor.

»Ich warte auf die Röntgenbilder«, spricht der Arzt weiter. »Bis wir sie kriegen, unterhalten wir uns ein bisschen, ja?«

Während er redet, hebt er Davids Arm vorsichtig hoch, versucht, ihn zu drehen, drückt mal stärker, mal schwächer. »Er ist auf jeden Fall gebrochen«, stellt er fest. »Wahrscheinlich ein glatter Bruch. Wir werden das genauer auf den Aufnahmen sehen.«

Der Arzt zieht David behutsam das Unterhemd über den Kopf, befühlt wie beiläufig die abgeschürfte und verkrustete Haut, entfernt ein Pflaster. Ganz ruhig macht er das, doch David wird plötzlich wieder hellwach. Gleich wird der Doktor nach den Striemen fragen, denkt er. Und dann?

Aber der Arzt will etwas anderes wissen. »Wie ist das eigentlich mit dem Arm passiert?«, fragt er, ohne den Blick von Davids Oberkörper zu wenden.

Bevor David auch nur den Mund öffnen

kann, sagt der Vater hastig: »Mein Sohn hat Fußball gespielt. Dabei hat ihn ein Junge schwer gefoult. Das sehen Sie ja!«

Er räuspert sich. »Jedenfalls konnte er vorhin vor Schmerzen nicht einschlafen. Zuerst haben wir gedacht, es ist nur eine Prellung. Aber es wurde immer schlimmer und da sind wir sofort mit ihm hergekommen.«

Bevor er weitersprechen kann, wird er von der Röntgenassistentin unterbrochen, die die Röntgenbilder bringt. Doktor Krebs hält sie der Reihe nach vor einen Leuchtschirm.

»Ein glatter Bruch«, sagt er. »Wie ich vermutet habe. Siehst du, David«, er tippt auf eine der Aufnahmen, »hier ist der Knochen durchtrennt.«

Dann setzt sich der Arzt wieder und schaut David an. »Du bist also Fußballspieler?«, sagt er zu ihm.

David nickt.

»Auf welcher Position spielst du denn?«

»Verteidiger.«

»Im Verein?«

»Nein«, antwortet David. »Nur in der Klassenmannschaft. Als Ersatzmann.«

»Aha«, sagt der Arzt, streicht David ein letztes Mal über Brust und Rücken und steht auf.

»Wir werden den Bruch jetzt richten und den Arm eingipsen. Keine Angst, gleich wird es dir viel besser gehen.«

Von dem, was danach geschieht, bekommt David kaum etwas mit. Nach der Narkosespritze schweben um ihn herum große graue Wattewolken durch den Raum. Von Zeit zu Zeit tauchen daraus Menschen auf, die sich an seinem Arm zu schaffen machen und wieder verschwinden. Sie tun ihm nicht weh, es fühlt sich alles taub an und schwer. Später schließt sich eine helle Masse um den Arm, die Wattewolken lösen sich auf und die Eltern stehen vor ihm.

»War's schlimm?«, fragt die Mutter.

David schüttelt den Kopf.

»Und wie fühlst du dich jetzt?«

»Ganz gut, Mama.«

»Wunderbar«, sagt der Vater. »Dann lasst uns nach Hause fahren.« Er streckt dem Arzt die Hand hin. »Vielen Dank, Herr Doktor.«

Doch statt die Hand anzunehmen, legt der Arzt David eine Hand auf die Schulter. »Wenn Sie einverstanden sind, möchte ich den Jungen hierbehalten«, sagt er. »Zur Beobachtung.«

Der Vater runzelt die Stirn. »Wozu denn das?«

»Keine Aufregung, Herr Sendt«, sagt Doktor

Krebs. »Der Arm ist gerichtet und eingegipst, damit könnte ich Ihren Sohn ohne Weiteres entlassen. Nur die anderen Verletzungen machen mir ein wenig Sorgen. Bei den vielen Blutergüssen habe ich Angst, dass es zu einer Embolie kommen könnte.«

»Was bedeutet das?«, fragt die Mutter.

»Nun, mit einer Embolie ist nicht zu spaßen.«

Davids Kopf funktioniert inzwischen wieder fast normal, er hört mit wachsender Erregung zu. Merken die Eltern denn nicht, dass der Arzt lügt? Der will sie loswerden, damit er ihn besser aushorchen kann, da möchte David drauf wetten. Die Familie muss zusammenhalten, denkt er. Es geht niemanden etwas an, was zwischen dem Vater und ihm war. Als ob sich dieser Doktor Krebs nie mit seinem eigenen Vater gestritten hätte!

»Ich will nach Hause«, sagt David laut. »Ich will mit meinen Eltern nach Hause.«

»Dürfen Sie den Jungen gegen unseren Willen hierbehalten?«, fragt der Vater.

»Das darf ich nicht«, antwortet Doktor Krebs. »Aber Sie tragen das Risiko.«

Es wird still im Raum. Die Mutter spielt nervös mit einer Haarsträhne, der Vater massiert sich die Schläfen. Mehrfach werfen die beiden sich Blicke zu, hilflose Blicke, findet David. Er würde jetzt gern eingreifen, doch es wird besser sein, er wartet ab, was geschieht. Noch hat der Arzt das Spiel nicht gewonnen.

»Was meinst du?«, fragt der Vater die Mutter.

»Entscheide du«, antwortet die schulterzuckend.

Der Vater wendet sich an den Arzt. »Sie glauben wirklich, es könnte gefährlich werden?«

Der Arzt nickt. »Man weiß nie …«

Er lügt, denkt David, er lügt!

»Unter diesen Umständen bleibe ich selbstverständlich auch hier bei meinem Sohn«, sagt die Mutter.

»Das wird nicht nötig sein, Frau Sendt«, erwidert der Arzt. »Unser Personal ist ausgezeichnet. Außerdem ist leider zur Zeit, soweit ich informiert bin, kein Mutter-Kind-Zimmer frei.«

»Nehmt mich mit!«, bittet David.

Die Mutter gibt ihm einen Kuss auf die Stirn. »Wir sollten tun, was der Doktor vorschlägt«, sagt sie. »Aber du weißt ja: Wir halten zusammen. Und gleich morgen früh holen wir dich nach Hause, nicht wahr?«

Eine Krankenschwester bringt David auf die

Station. Dort bekommt er ein Zimmer, in dem die beiden anderen Betten nicht belegt sind. Die Schwester hilft ihm in einen blauen Schlafanzug und stellt ihm ein Glas und eine Flasche Sprudel auf das Nachtschränkchen.

»Ich lasse das Licht noch an«, sagt sie mit einem Blick auf ihre Armbanduhr. »Der Arzt wird dich gleich besuchen. Wenn du magst, kannst du solange Musik hören.«

Sie zeigt ihm den Kopfhörer, dessen Kabel zu einer Steckdose in der Wand führt. »Manchmal ist das Programm sogar ganz gut. Falls du etwas brauchst oder dich schlecht fühlst, drückst du auf den Knopf hier, ja? Dann ist sofort jemand bei dir.«

Damit ist sie verschwunden.

Die Bettwäsche fühlt sich kühl an. David hat kühle Bettwäsche gern. Er studiert die Knöpfe und Schalter neben seinem Bett. »Radio« steht auf einem, »Sauerstoff« auf einem anderen. Über dem Bett hängt eine Stange mit einer Schlaufe, an der er sich mit dem gesunden Arm hochziehen kann. Davids Atem geht jetzt ruhiger als vorhin im Behandlungszimmer, er hat sich wieder unter Kontrolle. Der Arzt spielt ein Spiel, das ist klar. Aber David wird nicht mitspielen, er denkt gar nicht daran. Er kneift die

Augen zusammen und verkriecht sich tiefer unter die Decke. »Embolie« – klingt ganz schön gefährlich, so gefährlich, dass die Eltern darauf reingefallen sind. Oder vielleicht doch nicht? Vielleicht konnten sie gar nicht anders, weil … weil der Arzt sonst endgültig gedacht hätte, dass die Sendts etwas zu verbergen haben?

David schüttelt den Kopf. Das ist alles so schwierig. Darüber kann er nachdenken, wenn er geschlafen hat. Hoffentlich lässt ihn der Arzt bald in Ruhe.

Für einen kurzen Moment wandern seine Augen durch das Zimmer. An der Wand gegenüber bleiben sie hängen; dort sind unter einem großen Kruzifix Kinderzeichnungen aufgehängt. Häuser sind darauf zu sehen, Gärten und bunte Blumen. Das Übliche eben. Doch ein Bild unterscheidet sich von den übrigen. Auf ihm liegt ein Kind in einem riesigen Bett, vom Fußende aus führt eine Leiter direkt in die Sonne. Das Kind hat der Sonne eine rote Nase gemalt und dunkelblaue Augen. Am unteren Bildrand steht in krakeliger Schrift: »Nicole, 8 Jahre«.

Ein schönes Bild, denkt David. Die Bilder, die er mit acht gemalt hat, haben anders ausgesehen. Am liebsten hat er dunkle Farben genommen, Braun oder Schwarz oder Dunkelblau.

Weshalb war diese Nicole wohl hier? War sie sehr krank? Er würde das Mädchen gern fragen, warum sie die Leiter zur Sonne gemalt hat.

Vom Flur her hört David Schuhe klappern, ein Kind weint, ein Mann ruft etwas. David löscht das Licht und starrt in die Dunkelheit. Vielleicht wusste das Mädchen ja, dass es sterben würde, und es hat gemalt, wohin es kommen will. Es hat keine Angst gehabt, bestimmt nicht, dafür ist das Bild zu schön. Die Sonne hat ein dickes gemütliches Großvatergesicht und das Kind im Bett sieht aus wie ein Engel. Und jede Stufe der Leiter hat eine andere Farbe.

Vielleicht ist es gestorben …

David beginnt zu weinen. Es ist ein leises Weinen, ohne dass ihm dabei wie sonst der Atem stockt oder das Schluchzen den Hals verkrampft. Er wischt sich die Tränen nicht ab und denkt an das fremde Mädchen und an die bunte Leiter.

10

Es ist kurz vor elf, als Doktor Krebs zu David ins Zimmer kommt. Der Arzt trägt jetzt über dem Hemd eine leichte Sommerjacke, die weißen Sandalen hat er gegen Straßenschuhe eingetauscht. Er zieht sich einen Stuhl heran und setzt sich an Davids Bett.

»Wie geht's dir?«, fragt er.

»Gut«, antwortet David einsilbig.

»Bist du mit dem Zimmer zufrieden?«

»Ja.«

Auf der Station ist es mittlerweile völlig ruhig geworden. Außer David und dem Arzt scheint niemand mehr wach zu sein. Es ist warm im Zimmer. Der Arzt steht auf und öffnet das Fenster. Dann zieht er seine Jacke aus, wirft sie nachlässig über Davids Bett und krempelt die Ärmel seines Hemds hoch. Seine Unterarme sind behaart, auf dem linken ist eine lange Narbe zu sehen. Sie teilt die Haare wie ein Scheitel.

»Magst du deine Eltern eigentlich?«, fragt Doktor Krebs unvermittelt.

»Wie bitte?«, fragt David zurück und weiß im gleichen Augenblick, dass das Spiel nun eröffnet ist. Wenn Erwachsene Fragen stellen, bei denen nicht klar ist, worauf sie hinauslaufen, muss man sich vorsehen. Also gut, David wird sein Bestes geben, der Doktor soll es nicht leicht haben.

»Wie ist das – magst du deine Eltern?«, wiederholt der Arzt seine Frage.

»Ja.«

»Sehr?«

»Ja, sehr.«

Doktor Krebs denkt einen Moment nach. »Du würdest doch sicher nicht wollen, dass deine Eltern Schwierigkeiten kriegen, stimmt's?«

»Wieso sollten sie Schwierigkeiten kriegen?«, fragt David schnippisch.

Statt darauf zu antworten, sagt der Arzt: »Magst du eine Geschichte hören?«

David zuckt die Achseln. »Wenn's unbedingt sein muss.«

Der Arzt lehnt sich auf seinem Stuhl zurück und richtet den Blick auf die gegenüberliegende Wand.

»Vor ungefähr zwei Jahren«, beginnt er,

»brachten eines Abends eine Mutter und ein Vater ihre Tochter zu mir in die Ambulanz. Das Mädchen hatte eine Platzwunde über dem Ohr und blutete stark. Wir mussten die Wunde klammern. Acht Jahre alt war das Mädchen, die Eltern arbeiteten als Rechtsanwälte. Sie machten einen netten Eindruck, wirklich. Das Einzige, was mir zu denken gab, waren ein paar dunkle Flecken am Hals des Mädchens.

Aber die Eltern erzählten mir, dass sie von einer Rauferei mit einem Nachbarjungen stammten, und ich war beruhigt.«

»Dauert's noch lange?«, fragt David dazwischen. »Ich bin müde.«

Der Arzt lächelt. »Ich bin gleich fertig. Also: Ziemlich genau ein halbes Jahr später kam das Mädchen erneut in unsere Ambulanz. Sie hatte sich das Schlüsselbein gebrochen. Diesmal musste sie für die Untersuchung den Oberkörper freimachen. Was ich sah, war fürchterlich. Der Körper war über und über mit Blutergüssen übersät, die Haut an vielen Stellen abgeschürft. Auf meine Frage, woher die Verletzungen kämen, antworteten die Eltern, das wüssten sie auch nicht, sie hätten bereits Anzeige gegen unbekannt erstattet.«

David zieht sich mit dem gesunden Arm an

der Schlinge hoch, die über seinem Bett hängt. »Wozu erzählen Sie mir das alles?«, fragt er.

Natürlich weiß er genau, was der Doktor mit der Geschichte beabsichtigt. Weichkochen will der ihn – mit einem billigen Trick! Aber David fällt nicht darauf herein, er wird nichts verraten, noch nie hat er etwas verraten.

»Vor ein paar Monaten«, fährt der Arzt ungerührt fort, »brachte der Krankenwagen das Mädchen ins Krankenhaus. Sie hatte schwerste innere Verletzungen. Wir haben stundenlang operiert.«

Während der Arzt erzählte, hat er die ganze Zeit über an die Wand gestarrt. Jetzt blickt er David fest an, das Lächeln von vorhin ist aus seinem Gesicht verschwunden. »Wir konnten das Mädchen nicht retten«, sagt er mit leiser Stimme.

David schluckt. Nicht retten, klingt es in seinem Kopf nach, nicht retten. Er sagt nichts.

»Die Eltern erstatteten zum zweiten Mal Anzeige gegen unbekannt«, hört er die Stimme des Arztes, »aber die Polizei glaubte ihnen nicht. Sie wurden lange verhört und gestanden schließlich, das Mädchen zu Tode geprügelt zu haben.«

»Sind sie ins Gefängnis gekommen?«, fragt

David stockend. Kein Spiel, denkt er. Verdammt, das ist kein Spiel!

Der Arzt fährt sich über die Augen. »Das wird sich noch entscheiden. Der Prozess gegen die Eltern beginnt nächste Woche.«

Vorsichtig lässt sich David ins Kissen zurücksinken, seine Gedanken fahren Achterbahn. Tod, Gefängnis – es ist zu viel, es ist viel zu viel. Er kann das nicht mehr lange aushalten, niemand könnte das.

Doktor Krebs scheint Davids Gedanken gelesen zu haben. »Vielleicht sollte man einem Jungen in seiner ersten Nacht im Krankenhaus eine solche Geschichte nicht erzählen«, sagt er. »Aber Jahr für Jahr werden Kinder von ihren eigenen Eltern totgeschlagen, Zehntausende kommen in Krankenhäuser. Und bei fast allen hat es einmal angefangen mit einer Tracht Prügel oder einer saftigen Ohrfeige.«

Der Arzt steht auf, nimmt seine Jacke vom Bett und gibt David die Hand. »Bis morgen, mein Junge.«

Als er die Tür zum Flur öffnet, ruft David: »Hieß das Mädchen Nicole?«

»Nein, ihr Name war Melanie. Weshalb fragst du?«

»Ach, nur so.«

David löscht das Licht. Doch sofort knipst er es wieder an, die Dunkelheit hält er nicht aus.

Da zwingt ihn der Arzt, solch eine Geschichte anzuhören, und lässt ihn damit allein!

Sätze wirbeln David durch den Kopf. Sie werden lauter und lauter:

Ich will nie mehr in den Keller.

Ich will nicht sterben.

Mama und Papa sollen nicht ins Gefängnis.

Wir müssen zusammenhalten.

Ich darf es niemandem erzählen.

Ich will nie mehr Angst haben.

Nie mehr.

David zwingt sich, hinüber zu Nicoles Bild zu schauen. Für diese Melanie gab es bestimmt keine bunte Leiter, die in den Himmel führte.

Angst wird sie gehabt haben, furchtbare Schmerzen auch. Er weiß selbst, wie das ist, wenn man denkt, gleich ist es aus. Er hat schon oft erlebt, wie das ist, wenn einem die Angst und die Schmerzen die Luft nehmen. Er kennt das alles – aber er hat den Eltern versprochen, mit keinem Menschen darüber zu sprechen! Sonst ist er schuld, wenn schreckliche Dinge passieren, das haben sie ihm immer wieder eingeschärft.

Umständlich gießt sich David ein Glas Wasser ein. Leben will er, Mensch, und wie! Fußball spielen will er und mit dem Mountainbike die steilsten Waldwege hinunterfahren und im Sommer mindestens dreimal die Woche ins Freibad gehen und ins Kino und in zwei Jahren in die Tanzstunde. Und natürlich will er am Samstag auf Lenas Fete, unbedingt, und mit ihr tanzen, wenigstens ein bisschen. Doch die Eltern werden ihm nichts davon erlauben. Und es wird immer so weitergehen wie bisher … wenn David jetzt nichts tut.

Er atmet tief durch und drückt auf den Knopf neben seinem Bett. Es dauert eine Weile, bis die Nachtschwester zu ihm ins Zimmer kommt.

»Du schläfst nicht?«, fragt sie erstaunt. »Geht's dir nicht gut?«

»Ist Doktor Krebs noch da?«, fragt David.

Sie schüttelt den Kopf. »Er geht gerade. Der Doktor war sechsunddreißig Stunden ohne Pause auf der Station. Der Ärmste muss auch mal Ruhe haben.«

»Ich möchte …«

David stockt. Er wird sein Versprechen brechen, wenn er weiterspricht.

»Ich möchte mit ihm reden«, sagt er schnell.

Nun ist es heraus. Aber besser fühlt sich David

nicht, im Gegenteil. Er fühlt sich mies, richtig mies.

»Ich soll den Doktor zurückholen?«, fragt die Schwester. »Ist das wirklich nötig?«

David nickt. »Es ist wichtig.«

»Und was soll ich ihm sagen?«

»Nur, dass ich ihn sprechen will«, antwortet David.

Die Schwester zögert. »Bin gespannt, ob ich ihn noch finde«, murmelt sie und verschwindet.

Während David wartet, wächst seine Unruhe. Er kennt den Arzt kaum. Was ist, wenn der sofort zur Polizei rennt, sobald er erfährt, was los ist? Oder wenn er gleich morgen zu den Eltern geht und die streiten alles ab? Das wäre das Schlimmste, ja, das wäre eine Katastrophe. David hätte sein Versprechen gebrochen und nichts würde sich ändern. An die Wut des Vaters darf er gar nicht denken.

Aber David will jetzt reden, es gibt keinen Weg zurück.

Endlich sind draußen auf dem Gang Schritte zu hören, Stimmen nähern sich dem Zimmer. David richtet sich auf, sein Herz klopft zum Zerspringen. Als der Arzt eintritt, muss David sich mit Gewalt dazu bringen, ruhig zu atmen.

Ohne ein Wort zu sagen, setzt sich Doktor Krebs auf den Stuhl, der noch immer vor Davids Bett steht. Müde sieht der Arzt aus, die Haare stehen ihm vom Kopf ab wie nach einer durchträumten Nacht.

»Na?«, sagt der Arzt nur.

»Also …«, sagt David und verstummt sofort wieder.

»Und weiter?«

»Ich weiß nicht, wie ich anfangen soll«, sagt David leise.

Der Arzt beugt sich vor und drückt Davids Hand. »Fang einfach an«, sagt er beruhigend. »Wir haben Zeit.«

Da beginnt David zu reden. Und während er redet, fällt ihm mehr und mehr ein, so viel, dass er kaum nachkommt. Von den ersten Schlägen im Badezimmer redet er, als er sich zum ersten Mal die Hose herunterziehen musste, und vom Keller, natürlich vom verdammten Keller. Von Vaters Gebrüll redet er und von DEM DING, das im obersten Fach des Kellerregals liegt. Und je länger David erzählt, desto besser fühlt er sich, federleicht und unheimlich stark.

Doktor Krebs hört ihm aufmerksam zu, nickt ein paar Mal aufmunternd und unterbricht ihn kein einziges Mal.

Als David fertig ist, zeigt die Uhr an Doktor Krebs' Handgelenk Viertel vor zwölf.

»Mensch«, sagt der Arzt in die Stille hinein. »Mensch, David.«

Er setzt sich zu David aufs Bett und nimmt ihn in die Arme, vorsichtig, um den Bruch nicht zu berühren. Ein bisschen weh tut es David trotzdem. Doch es macht ihm nichts aus. Noch lange könnte er so sitzen, das Gesicht in das bunte Flanellhemd gedrückt.

Irgendwann legt der Arzt David behutsam ins Kissen zurück.

»Und jetzt?«, fragt David erschöpft. Das Reden hat ihn all seine Kraft gekostet.

Doktor Krebs steht auf. »Jetzt schläfst du«, antwortet er. »Morgen sehen wir weiter.«

»Aber meinen Eltern darf nichts passieren«, sagt David. »Auf keinen Fall!«

»Du hast sie lieb«, sagt der Arzt. »Trotz allem.«

David nickt. Was wird morgen sein?, denkt er. Was ist, wenn morgen die Polizei bei meinen Eltern vor der Tür steht?

»Versprechen Sie mir, dass meine Eltern nicht vor Gericht müssen?«, fragt er ängstlich.

»Das kann ich nicht, David«, sagt der Arzt ernst. »Aber reden werde ich mit deinen Eltern, und zwar so schnell wie möglich. Wir müssen überlegen, wie wir dich am besten schützen können. Wenn sie bereit sind, Hilfe anzunehmen, brauchen wir die Polizei nicht.«

»Hilfe?«, wiederholt David verwirrt.

Der Arzt nickt.

»Und dann wird alles gut?«

»Vielleicht.«

»Nur vielleicht?«

»Die nächste Zeit wird für dich und deine Eltern bestimmt nicht einfach«, sagt der Arzt. »Aber gemeinsam könnten wir es schaffen.«

»Ich weiß nicht«, antwortet David. Er schließt die Augen. Backe, Schulter, Arm, Oberschenkel, Knie – der Schmerz wandert über seinen Körper, bleibt nirgendwo lange, erinnert ihn an Schläge, die weit zurückliegen. Schlafen, denkt er, zwei Wochen lang schlafen und vergessen. Alles vergessen.

Nachdem der Arzt gegangen ist, klettert David aus dem Bett und geht zum Fenster. Unter ihm liegt die Stadt. Schwache Motorengeräusche dringen herauf, die Lichter der Schnellstraße verschwinden jenseits der Hügel.

Im Haus gegenüber sitzen drei junge Frauen in einem hell erleuchteten Zimmer. Sie lachen und trinken sich zu. Die Wohnung darunter ist dunkel, doch eines der hohen Fenster steht offen, ein Mann schaut heraus. Als er David sieht, winkt er ihm zu. David winkt zurück. Dann schließt er sein Fenster und kriecht ins Bett zurück. Er hat vergessen, den Arzt zu fragen, was mit dieser Nicole war, die das Bild mit der Himmelsleiter gemalt hat. Morgen wird er es nachholen. Gleich morgen.

Nachwort

Davids Versprechen ist ein Buch, welches man in einem Zug durchlesen muss. Erwachsene, Jugendliche und Kinder sind gleichermaßen gefesselt. Das Buch wirkt sehr authentisch. Der Autor hat sorgfältig recherchiert und ausgiebig mit Menschen diskutiert, die berufsmäßig mit Misshandlung von Kindern zu tun haben. Er hat alle üblichen Klischees vermieden.

Misshandlung von Kindern, Gewalt in der Familie, ist weiter verbreitet, als wir wahrhaben wollen. Dabei sind Übergänge zu einer strengen Erziehung fließend. Wie weit darf elterliche Strenge gehen, wie hart darf Strafe sein? Davids Eltern gehen eindeutig zu weit. Wie häufig schwere Misshandlung von Kindern vorkommt, wissen wir nicht genau, wir sehen nur die Spitze des Eisberges. Zahlen sind wie Schall und Rauch.

Das Gebot der Geheimhaltung schützt die kleine brutale Welt der Familie, in der sich die Gewalt abspielt, vor unseren Blicken. Sie schützt den Schädiger, sie schützt in gewisser Weise auch das Kind, das seine Eltern trotz aller Leiden nicht verlieren will und das sich für seine Eltern schämt. Die Geheimhaltung schützt die Familie vor dem sozialen Ruin.

Misshandlung spielt sich meist im Verborgenen ab, hinter verschlossenen Fenstern und Türen, am besten im Dunkeln. Die körperlichen Verletzungen werden versteckt. Wer sieht schon die seelischen Verletzungen?

Misshandlung kommt in allen sozialen Schichten vor, auch in »ganz normalen« Familien. Das Vorurteil, höhe-

re soziale Schichten seien davor bewahrt, hat schon manches Kind das Leben gekostet.
Alkoholismus, Arbeitslosigkeit, Ehescheidungen sind zwar häufige Merkmale von Misshandlungsfamilien. Der größte Risikofaktor, der in der Anamnese der Mehrzahl von misshandelnden Eltern vorkommt, ist jedoch die eigene Misshandlungserfahrung. Der Misshandelte von heute wird anscheinend der Misshandler von morgen. Diesem Schicksal zu entkommen, scheint sehr schwer zu sein.
Kinder wie David können aus eigener Kraft ihrem Gefängnis nicht entkommen, das sie so klein macht. Den Vater kann er nicht ändern, die Mutter kann ihn nicht schützen. Hilfe kann nur von außen kommen. David braucht einen Vertrauten: einen Freund, einen Lehrer, einen Arzt, einen Menschen, der den Mut hat, den Konsequenzen ins Auge zu sehen, und sich nicht selbst in die Geheimhaltung einreihen lässt und schweigt. David kann auch die Telefonnummer des *Kinderschutzbundes* oder des *Sorgentelefons* wählen. Egal – er muss den Mut aufbringen, sich mitzuteilen.
Hoffen wir, dass Kinder wie David einen Vertrauten finden, der den Konflikt nicht scheut. Nur so kann die Eskalation der Gewalt unterbrochen werden. Nur so kann er dem Jungen helfen, vielleicht auch der Familie, die in erster Linie Hilfe braucht, wenn es sein muss, aber auch Strafe.

Prof. Dr. med. W. Andler
Ehemaliger Vorsitzender der Arbeitsgemeinschaft
der Ärztlichen Beratungsstellen
zur Verhinderung von Kindsmisshandlung
und -vernachlässigung

Jürgen Banscherus

Keine Hosenträger für Oya

Hosenträger sind das Erkennungszeichen einer Jungenbande in einem Vorort von Dortmund. Das türkische Mädchen Oya wollen die Jungs natürlich nicht dabeihaben, auch wenn ihr Bruder Sinan beim geplanten Bau eines Floßes der Anführer ist. Sinan findet das bescheuert und sucht sich lieber andere Freunde. Dass er sich dabei einer Gruppe von Ladendieben anschließt, erkennen die Hosenträger erst, als es fast zu spät ist. Höchste Zeit, sich für einen Freund stark zu machen!
Jürgen Banscherus erzählt in dieser spannenden Bandengeschichte auch vom Leben einer türkischen Familie in Deutschland.

Arena

Ab 10 Jahren
176 Seiten • Arena-Taschenbuch
ISBN 978-3-401-01581-1
www.arena-verlag.de

978-3-401-50662-3

Gefangen im Packeis

Oktober 1914. Der britische Forscher Shackleton bricht mit dem Expeditionsschiff Endurance zu einer Forschungsreise in die Antarktis auf. An Bord seines Schiffes befindet sich der 16-jährige Peter Blackborrow. Doch bevor die Expedition das antarktische Festland erreicht, wird das Schiff vom Eis eingeschlossen ...

978-3-401-50663-0

Der Dieb von Rom

Rom, 23 v. Chr. Die Familie des 15-jährigen Marius wurde von ihrem Landgut vertrieben und ist völlig verarmt. Aber der Junge schwört, es den reichen Bürgern der Hauptstadt heimzuzahlen. Bald schon ist kein Schatzkästchen und keine Patriziervilla mehr sicher vor dem geheimnisvollen „Dieb von Rom“.

978-3-401-50664-7

Das Geheimnis des Kartenmachers

Wir schreiben das Jahr 1490. Es ist das Zeitalter der großen Entdeckungen, der Schiffs-Expeditionen und Kap-Umsegelungen. In dieser Zeit findet der 16-jährige Augsburger Caspar Sebald Anstellung bei dem Kupferstecher Bartholomäus Wolkenstein. Doch schon bald kommt Caspar bei seinem neuen Meister einiges rätselhaft vor. Wolkenstein lebt und arbeitet im Verborgenen, aber seine Werkstatt birgt ein großes, ein gefährliches Geheimnis ...

Arena

Jeder Band:
Arena-Taschenbuch
Auch als E-Book erhältlich
www.arena-verlag.de

Sascha K.

Ich kannte kein Limit

Mein Leben mit dem Alkohol

Sascha kann im Nachhinein nicht mehr genau sagen, wann es angefangen hat, dass er zu viel trank. Trinken, ja, das tat er gern und viel am Wochenende. Weil es für ihn und seine Kumpel einfach dazugehörte. Doch bald trank er auch zwischendurch, um wieder runterzukommen, abzuschalten, Spaß zu haben. Bis Sascha erkannte, dass er sich sein Leben vom Alkohol zurückerobern muss.

160 Seiten • Klappenbroschur
ISBN 978-3-401-60002-4
www.arena-verlag.de